Charly Alt

Jetzt bitte nicht mehr atmen

Dierabenschwarzeruhrgebietskrimikomödie

Roman

Impressum
Jetzt bitte nicht mehr atmen
Dierabenschwarzeruhrgebietskrimikomödie
Copyright: © 2014 Charly Alt
www.charly-alt.de

Handlung und Namen sind frei erfunden. Ähnlichkeiten mit tatsächlichen Ereignissen, Personen, Unternehmen und Einrichtungen wären rein zufällig und sind nicht beabsichtigt.
Alle Rechte vorbehalten.

Herausgeber:
henkom-Verlag, Michael Henrichs
Kirchfeldstraße 1, 45219 Essen
verlag@henkom.de
Druck: online-druck.biz

ISBN: 978-3-9815875-1-7

1.

„Der Waschraum. Unendliche Weiten. Wir schreiben das Jahr 2007. Dies sind die Abenteuer des Platzwarts Trekkie, der seit fünf Minuten unterwegs ist, um neue Dreckecken zu entdecken, fremde Pilzkulturen aufzuspüren und feindliche Bakterien zu beseitigen."

Trekkies Stimme klang monoton und gelangweilt. Er schob seinen Reinigungskarren in den Nassbereich der Bezirkssportanlage und seufzte. Die Umkleideräume, die hauptsächlich von den Alten Herren und den Seniorensportkursen benutzt wurden, gehörten nicht zu seinen Lieblingsgalaxien.

„Raumschiff Rentnerschweiß" hatte irgendjemand mit Filzstift auf die Karre mit dem Putzzeug geschmiert. Das passte. Trekkies Eltern hatten ihn vor etwa 40 Jahren auf den Namen Ekkard getauft und bald Ekkie gerufen. Von Ekkie zu Trekkie war es später nur ein kleiner Schritt für die Menschheit, aber ein großer für ihn gewesen. Seine Begeisterung für die erste Generation einer Science-Fiction-Serie aus den 1960er Jahren galt schon damals als legendär.

Sobald die sirenenhafte Titelmelodie ertönte, klebte er an der Mattscheibe. Ständig bemüht, sich dabei nicht von seinem Vater erwischen zu lassen. Der hatte ihm bei solchen Gelegenheiten wiederholt die Ohren lang gezogen, was sich speziell in der Wachstumsphase als erzieherischer Missgriff erwies.

Mit der Zeit bekam der junge Ekkard eine geradezu faszinierende Ähnlichkeit mit einer der Hauptfiguren seiner Lieblingsserie. Eines Tages würde er einen bestimmten Satz in ein aufklappbares Handy sprechen und sich dann in seine Moleküle auflösen, in den unendlichen Weiten des Weltalls nichts zurücklassend als den strengen Geruch von Desinfektionsmittel und Scheuermilch.

„Viele Meter von der nächsten funktionierenden Lichtquelle entfernt dringt die Rentnerschweiß in Nassbereiche vor, die seit Monaten keinen Putzlappen gesehen haben", fuhr Trekkie fort und bog mit seinem Gefährt rechts in den Gang zu den Umkleideräumen ab. Die meisten Neonröhren flackerten oder funktionierten gar nicht mehr. Trekkie störte das herzlich wenig, denn für das Auge hatte gerade dieser Raum nichts zu bieten.

Er schob den Karren langsam an der Reihe der Garderobenhaken vorbei und registrierte aus dem Augenwinkel die hängengebliebenen Hinterlassenschaften der vergesslichen Alten Herren. Ein benutztes Handtuch, ein prähistorischer Turnbeutel, ein Socken, zwei Füße…

Trekkie erstarrte und bremste die „Rentnerschweiß", deren Gummireifen auf dem halbfeuchten Fliesenboden ein widerliches Geräusch von sich gaben. Mit einem bis zum Anschlag geöffneten Mund drehte er den Kopf langsam Richtung Garderobenhaken.

Das Paar Füße, das sorgfältig mit je einem Kabelbinder an der Querstange der Garderobe befestigt worden war, befand sich direkt auf Augenhöhe. Trekkies Blick glitt langsam nach unten. An den Füßen hing ein etwa 60-jähriger Mann, der seine besten Jahre jetzt definitiv hinter sich hatte. Nackt, bis auf eine viel zu knappe und viel zu bunte Sporthose. Auf die Brust des Toten hatte jemand etwas in roter Farbe geschrieben.

Trekkie nahm sich nicht mehr die Zeit für die Lektüre der Aufschrift. Er ließ die „Rentnerschweiß" führerlos in das All gleiten und machte sich mit Lichtgeschwindigkeit auf den Weg zum Telefon in seinem Büro.

2.

Die Kapelle neben der Leichenhalle war reich mit drei bis vier Kränzen geschmückt. Darauf „In Dankbarkeit", „Für einen geschätzten Kollegen" und was man sonst so alles schreibt, wenn auf der Trauerschleife noch Platz ist und man unbedingt etwas Positives über den Verstorbenen zum Ausdruck bringen möchte.
„Wir sind hier zusammengekommen, um einem verdienten Pädagogen die letzte Ehre zu erweisen", verkündete Pfarrer Schmitz salbungsvoll. „Dr. Rainhald Schäfer ist nach kurzer und schwerer Krankheit friedlich entschlafen."
Gödde und Ingo waren kurz davor, es ihrem alten Lehrer gleichzutun. Von der Untertertia bis zur Obersekunda hatte der Oberstudienrat ihre Klasse viermal in der Woche mit einem Unterricht beglückt, dessen Unterhaltungswert nur knapp über dem einer Bindehautentzündung lag.
Das war vor fast 30 Jahren gewesen. Damals konnte man einzelnen Events dieser Art durch das Vortäuschen von Kopfschmerzen, Monatsbeschwerden oder Pervitin-Allergien entgehen, heute ging das nicht. Als Repräsentanten des zuständigen Bestattungsinstitutes galt für Gödde und Ingo bei der Trauerfeier Anwesenheitspflicht, wenn auch nur in der letzten Reihe.
Pfarrer Schmitz fuhr fort. „Dr. Rainhald Schäfer war ein Kollegiumsmitglied der ersten Stunde."
Gödde und Ingo blickten sich kurz an und verzogen den Mund.
„Ein Mann der ersten Stunde", brummte Ingo, sehr leise und sehr verächtlich.
„Genau. Spätestens in der zweiten Stunde sind alle eingeschlafen", gedachte auch Gödde dem verdienten Pädagogen, der sie heute zum letzten Mal langweilen sollte.

Schmitz las weiter. „Als Referendar kam Dr. Schäfer bereits kurz nach der Einweihung des Heinrich-Lübke-Gymnasiums in unsere Stadt und wurde schon bald…"
„Ta-ta-tadaaaaa…" Gedämpft klangen die ersten Takte von Chopins Trauermarsch durch die Kapelle. Ingo presste die Lippen zusammen und fluchte innerlich. Gödde hatte schon wieder vergessen, sein Handy auszuschalten. Normalerweise passte der kondolente Klingelton ganz gut zu den traurigen Anlässen, jetzt sorgte er für ein wenig Verwirrung.
Gödde kratzte sich an seinem Bart und schaute betont harmlos nach oben. Er spitzte die Lippen zu einem tonlosen Pfeifen und ließ sein Handy weiterdudeln.
„Ta-ta-tadaaa…"
Pfarrer Schmitz blickte von seinem Manuskript auf und dann irritiert auf seine Uhr. Er wollte sich wieder seinem Waschzettel zuwenden, aber da war es schon zu spät. In der Gewissheit, dass die Blaskapelle draußen bereits die Begleitmusik zu Schäfers letzter Exkursion anstimmte, hatten sich die ersten Gäste zögernd erhoben.
Nach einer Viertelminute stand die gesamte Trauergemeinde vor den Stühlen, bereit, den leblosen Lehrkörper auf dem möglichst kürzesten Weg zu seiner letzten Ruhestätte zu begleiten.
„Ta-ta-tadaaa…"
Pfarrer Schmitz schielte zunächst etwas unentschlossen in die Runde, dann siegte Professionalität über Pietät. Geistesgegenwärtig überschlug der Geistliche drei Seiten seiner Rede und kam direkt zum Schlusssatz. Kein Protest regte sich, denn schließlich waren es nur noch knapp zwei Stunden bis zur Sportschau.
„Und so wollen wir Oberstudienrat Dr. Schäfer das letzte Geleit

geben", beendete Pfarrer Schmitz eine ultrakurze Leichenrede, die dem Leben des teuren Verblichenen aber durchaus gerecht wurde. Nach Schäfers Referendariatsbeginn Mitte der 70er Jahre war genau genommen sowieso nichts Erwähnenswertes mehr passiert.

Gödde und Ingo ließen der Trauergemeinde den Vortritt. Als der letzte Schwarzgekleidete die Kapelle verlassen hatte, nahm Gödde sein Handy und drückte auf die Taste.

„Sagt mal, sitzt ihr auf den Ohren?", schallte Rüssels Stimme aus dem Gerät. Genervt und so laut, dass Ingo mithören konnte. Vor etwa vier Stunden hatte Rüssel seine beiden Kollegen zwecks Vorbereitung der Schäfer-Bestattung am Friedhof abgesetzt und sich dann im firmeneigenen Leichenwagen mit unbekanntem Ziel davon gemacht.

„Die Musik war zu laut", entschuldigte sich Gödde. „Was gibts denn?"

„Zimmerhaus hat angerufen. Einmal Frikadelle Ketchup zum Mitnehmen auf der Bezirkssportanlage", gab Rüssel Auskunft. „Ich bin in zehn Minuten bei euch."

Gödde steckte das Handy wieder ein und verzog angewidert den Mund. Zimmerhaus, das war der Oberkommissar von der Mordkommission, zu dem Gödde noch aus seiner Zeit bei der Zeitung einen guten Draht hatte und der ihnen nun gelegentlich zu einem Auftrag verhalf. Bei „Frikadelle Ketchup zum Mitnehmen" handelte es sich um einen der Leichentransporte vom Tatort zur Gerichtsmedizin, die zuweilen von einigen unappetitlichen Details geprägt waren.

Gödde, Rüssel und Ingo liebten diese Jobs nicht besonders, konnten aber kaum darauf verzichten. Meistens war damit der Auftrag für die Beerdigung der Leiche verbunden.

Vor etwa vier Jahren hatten sie das marode Essener Beerdigungsinstitut Reichenberger übernommen und ihm als „Happy End AG" ein neues Konzept verpasst: Die Beerdigung als furioses Abschieds-Event, als Highlight im Veranstaltungskalender, als gesellschaftlicher Höhepunkt, als letzter Geniestreich des Verblichenen und so weiter, Imagepflege für den Tod inklusive. Nach anfänglichen Startschwierigkeiten hatte der Laden den drei Nachwuchsbestattern ein ansehnliches Einkommen beschert.

Mit der Goldgräberstimmung war es nun allerdings vorbei. Seit ungefähr einem Jahr schloss sich ihr Laden zunehmend dem Abwärtstrend seiner Kundschaft an. Der allgemeine Sparzwang machte sich längst auch auf den Friedhöfen bemerkbar. Die preisgünstige und platzsparende Feuerbestattung hatte sich klar gegen die teure Erdbestattung durchgesetzt.

Auf dem Parkfriedhof, vor dessen Haupteingang Gödde und Ingo nun auf das Eintreffen ihres Freundes und Teilhabers Rüssel warteten, sah das nicht anders aus.

„Wenn das so weiter geht, können die Friedhöfe einen Teil ihrer Fläche als Bauerwartungsland verkaufen", orakelte Gödde.

„Voll unterkellert", ergänzte Ingo.

„Oder ohne Keller, dafür aber mit ruhigen Untermietern."

Mit quietschenden Reifen bog der Leichenwagen der „Happy End AG" um die Ecke. Rüssel fuhr so, als hätte er ein ungekühltes Spenderorgan im Kofferraum. Erst kurz vor Gödde und Ingo trat er auf die Bremse und fuhr gleichzeitig die Seitenscheibe herunter.

„Taxi gefällig? Ich hätte ein Plätzchen frei."

Mit einem angebissenen Schokoriegel in der Hand deutete

Rüssel auf die Ladefläche des Kombis. Wie es aussah, hatte er eine längere Tour hinter sich und unterwegs mindestens einen Tankstellenshop oder ein Drive-in geplündert. Auf seinem zerknitterten Sakko waren deutlich zwei frische Ketchupflecken auszumachen. Seine dunklen, dichten und viel zu langen Haare standen nach allen Himmelsrichtungen ab.

„Los, wir sind spät dran!"

Kopfschüttelnd stiegen Gödde und Ingo ein. In der Mitte der Dreisitzer-Bank stand eine Urne, die sorgfältig angeschnallt war. Gödde nahm den Behälter hoch und postierte ihn dann sicher zwischen seinen Füßen, während Rüssel wieder Gas gab.

„Wen haben wir denn da?", fragte Gödde und deutet mit dem Kinn auf die Urne zwischen seinen Füßen.

„Willie", murmelte Rüssel betont beiläufig und kaute weiter an seinem Schokoriegel. Gödde und Ingo kannten den Tonfall. Wahrscheinlich wollte Rüssel seinen Mitinhabern der Happy End AG wieder einmal etwas schonend beibringen.

„Ich war nur kurz in Holland und hab ihn einäschern lassen."

In den niederländischen Krematorien war das nicht nur billiger, es wurden auch keine dummen Fragen nach dem weiteren Verbleib der Asche gestellt.

Ingo schaute ihn strafend an.

„Natürlich wieder auf unsere Kosten!"

Rüssel zuckte mit den Achseln.

„Jasmin will die Urne unbedingt auf ihren Wohnzimmerschrank stellen."

„Verständlich", meinte Ingo. „Er hat ihr ja schließlich sonst keine Asche hinterlassen."

Gödde nickte beipflichtend. Geld hatte für die beiden 68er aus ihrer alten Straße in Kettwig tatsächlich nie eine Rolle gespielt.

Man hat es, oder man hat es nicht. Jasmin und Willie hatten es nicht und lebten jahrzehntelang von Luft, Liebe und dem Verkauf selbstgemachter Klamotten.

Willies T-Shirt-Kreation mit der anklagenden Aufschrift „Keiner macht mehr Drogen!" hatte es in den 90er Jahren einmal auf eine etwas höhere Verkaufsauflage gebracht. Ansonsten war das Geschäft nicht besonders einträglich gewesen.

„Wie ist das eigentlich passiert?", fragte Gödde und deutete auf die Urne.

„Willie hat beim Sammeln von Psycho-Pilzen wohl ein falsches Exemplar ins Körbchen gelegt", erklärte Rüssel. „Einen netzstieligen Hexenröhrling, glaub ich."

„Aber der ist doch nicht giftig!", protestierte Ingo, der ein wenig vom Pilze sammeln verstand. Sein Vater hatte ihn früher an fast jedem Wochenende durch das Unterholz gescheucht. Teils zur Bereicherung des heimischen Speiseplans, teils aber auch für seine homöopathischen Menschenversuche, denen er dann irgendwann selbst zum Opfer fiel.

„In Verbindung mit Alkohol schon. Und wenn dann noch ein stark geschwächter Kreislauf dazukommt…"

Ingo nickte nur.

„Hast du übrigens den Inhalt der Urne überprüft? Wäre das erste Mal, dass Willie ohne Shit aus Holland zurückkommt."

Rüssel runzelte die Stirn, hob den Deckel von der Urne und roch daran. Dann zuckte er wieder mit den Achseln.

„Es gibt immer ein erstes Mal!"

3.

Etwa 20 Minuten später erreichten sie die Zufahrt zum Parkplatz der Bezirkssportanlage. Vor dem Gebäude mit den Umkleiden und Duschen parkten zwei Streifenwagen, der Bus von der Spurensicherung und zwei zivile Einsatzwagen mit je einem Blaulicht auf dem Dach.

„Müssen wir hier eigentlich mit der ganzen Belegschaft anrücken?", meckerte Ingo, während Rüssel den Leichenwagen vor dem Gebäude in Position brachte.

„Soll ich den Sarg vielleicht alleine schleppen?", meckerte Rüssel zurück und verzog das Gesicht. „Ich hab es ja schließlich mit der Bandscheibe."

Ingo grinste. „Mit dem Bauch auch." Er tätschelte fast liebevoll Rüssels beträchtliche Wampe, die sich schon in der Schulzeit prächtig entwickelt hatte und auch in den letzten Jahren nicht gerade kleiner geworden war.

„Mein Rückenleiden hat ganz andere Gründe, du haarloser Hungerhaken", konterte Rüssel mit einem grimmigen Seitenblick auf seinen vergleichsweise schmächtigen Freund Ingo, dessen blonde Haarpracht sich schon vor Jahren dünne gemacht hatte.

„Amore mit Lore?", dichtete Gödde mitfühlend.

Rüssel nickte gequält. Er hatte Lore und ihre Vorliebe für Turnübungen in Särgen vor etwa vier Jahren im Ausstellungsraum der „Happy End AG" kennengelernt.

Für Rüssel besaß diese Art von bizarrer Erotik durchaus ihren Reiz, war aber auf Dauer auch ziemlich anstrengend und immer eine echte Prüfung für die Rückenmuskulatur gewesen. Und wer will schon ständig Sex am Arbeitsplatz?

Immerhin gelang es Rüssel später, Lores Neigung zu Schweins-

kram in morbiden Szenerien ein wenig auf abbruchreife Industriegebäude und alte Zechenhallen zu lenken.
Weil es im Ruhrgebiet noch eine Menge davon gab, überraschte ihn Lore an fast jedem Wochenende mit einem Ausflugsprogramm, das mit Naherholung nun gar nichts zu tun hatte. Rüssel ging das langsam an die Substanz.
„Ich sags ja: Sport ist Mord", stöhnte er, während er gemeinsam mit Ingo und Gödde den Standard-Zinksarg aus dem Wagen hob. Stöhnend machte sich das Trio auf den Weg zum Eingang des Gebäudes.
Der Uniformierte, der den Weg zum Tatort vor unbefugten Neugierigen sichern sollte, winkte die drei durch.
Drinnen taten Trekkies Energiesparleuchten ihre Wirkung. Nach dem grellen Sonnenlicht draußen brauchten Gödde, Ingo und Rüssel einige Zeit, um sich an das Halbdunkel der muffigen Herrenumkleide zu gewöhnen.
Dann blitzte es zweimal kurz hintereinander und die Bestatter sahen nur noch helle Flecken vor den Augen. Immerhin hatte das Blitzlicht des Polizeifotografen die Szene vor dem Garderobenständer für Sekundenbruchteile erhellt: Drei Köpfe, die Oberkommissar Zimmerhaus, seinem Partner Kommissar Kleinelt und einem Beamten von der Spurensicherung gehörten. Und zwei Füße, die eindeutig dem Tatopfer zuzuordnen waren.
„Entzückend, dass ihr doch noch auftaucht", nörgelte Zimmerhaus.
„Ja…entzückend", wiederholte Kleinelt überflüssigerweise.
Das „Entzückend" war ein Überbleibsel aus einer US-Polizeiserie der 70er Jahre und so etwas wie das akustische Markenzeichen des Duos. Zimmerhaus und Kleinelt teilten die Leidenschaft für coole Sprüche à la Lieutenant Kojak, ein Büro im

örtlichen Polizeipräsidium und - nach unbestätigten Gerüchten - ab und zu auch einen Dauerlutscher.

„Bietet der Polizeisportverein jetzt Yoga an?", fragte Gödde und deutete auf die Leiche, die immer noch mit dem Kopf nach unten an der Garderobe hing. Langsam hatten sich seine geschundenen Pupillen an die Lichtverhältnisse gewöhnt.

„Nein. Wir testen neue Verhörmethoden. Geht manchmal schief", erklärte Zimmerhaus ungeduldig und wartete auf das „Entzückend" von Kleinelt, aber der fachsimpelte gerade mit dem Polizeifotografen über Kameras und Lichtempfindlichkeiten.

„Die Spusi ist hier soweit fertig, ihr könnt ihn abnehmen." Gödde trat näher an die Leiche heran und bemerkte erst jetzt den Schriftzug auf der Brust des Toten.

„So ergeht es allen Chauvi-Säuen!" hatte jemand mit roter Farbe auf die nackte Brust des Opfers geschrieben. Möglicherweise mit Lippenstift und vermutlich erst zu einem Zeitpunkt, als der Mann bereits an den Füßen aufgehängt worden war.

Irgendetwas kam Gödde bekannt vor. Er drehte seinen Kopf nach unten, jedenfalls soweit seine Wirbelsäule das zuließ, und blickte aus der Normalperspektive in das Gesicht des Toten.

„He! Das ist ja Wedelberg!"

Rüssel, Ingo, Zimmerhaus, Kleinelt und der Polizeifotograf verstummten abrupt, traten neugierig näher an die Leiche heran und brachten die Köpfe annähernd synchron in die Position, die Gödde zuvor bereits eingenommen hatte.

„Tatsächlich. Wedelberg!", bestätigte Zimmerhaus erstaunt, aber keineswegs betroffen.

„Entzückend", ergänzte Kleinelt.

Dass die Beamten ihn nicht sofort erkannt hatten, war verständlich. Wedelberg wirkte in dieser Position nicht annähernd so souverän wie auf dem Foto, vom dem er seit mehr als 20 Jahren spöttisch auf die Leserschaft der „Essener Einblicke" herabschaute.

Das ultra-konservative Blatt erfreute sich ausschließlich bei Parteien und Gruppierungen am äußersten rechten Rand der deutschen Meinungslandschaft einer gewissen Beliebtheit. Sein stellvertretender Chefredakteur und ständiger Kolumnist Walter Wedelberg hatte daran einen großen Anteil.

Linke, Liberale, Frauenverbände, Tierschützer, Schwule, Lesben und was sonst noch alles nicht in Wedelbergs Weltbild passte bekamen regelmäßig ihr Fett weg. Dabei bediente sich der - zugegebenermaßen wortgewandte - Journalist eines Schreibstiles, der in der Rechtsabteilung der „Essener Einblicke" bereits für mehrere Schlaganfälle gesorgt hatte.

Der Kreis der Verdächtigen wurde damit absolut untauglich für einen flächendeckenden Gentest. Wedelberg hatte mehr Feinde als Essen Einwohner. Die Inschrift auf der Brust engte den Kreis der Verdächtigen nicht nennenswert ein.

„Habt ihr ihn?", fragte Ingo.

Gödde und Rüssel nickten gequält. Sie hatten sich Einmalhandschuhe über die Hände gezogen und hielten den leblosen Kolumnisten nun an Armen und Beinen fest.

Ingo schnitt die Kabelbinder an den Füßen durch und überließ Wedelberg der Gravitation, die seinen Kompagnons sichtlich zu schaffen machte. Gemeinsam wuchteten sie die Leiche in den Zinksarg.

Dabei fiel Göddes Blick noch einmal auf Wedelbergs temporäres Brust-Tattoo.

„So ergeht es allen Chauvi-Säuen", las er.

„Klingt stark nach einer enttäuschten Ehefrau."
„Entzückend, aber nicht euer Bier", meinte Zimmerhaus, der bereits jetzt eine nur sehr gemäßigte Vorfreude auf die bevorstehenden Ermittlungen in Emanzenkreisen verspürte.

4.

„Böses Mausebärchen! Hattu schon wieder eine Hundedame belästigt?"
Ritas Stimme klang schlimmstenfalls nach einem gemäßigten Tadel, gemischt mit einer Portion heimlicher Bewunderung. Einen vernünftigen Anschiss gab das, was Göddes Ex-Frau nun in ihrer Küche vom Stapel ließ, auf keinen Fall ab.
Hund Hermann lag derweil mit der Schnauze flach auf dem Boden und schaute betont harmlos zu Rita auf. Gödde meinte sogar, ein leises Pfeifen zu vernehmen.
Rita konnte Hermann einfach nicht böse sein. Gödde konnte das schon, denn schließlich war noch eine alte Rechnung offen. Der Hund war ganz sicher der Auslöser der finalen Streitigkeiten gewesen, die der angeschlagenen Beziehung zu Rita vor etwa vier Jahren den Rest gegeben hatten.
Nachdem Hermann auf Betreiben von Göddes damals noch minderjähriger Tochter in die Familie gekommen war, hatte Rita das A bis Z einer Hundehalterinfektion in Rekordzeit hinter sich gebracht. Aus einem ängstlichen Abstand war binnen Wochen eine zärtliche Zuneigung zu Hermann geworden, die nicht zuletzt auf Kosten von Göddes Alphatier-Position ging. Und auf Kosten sonstiger Privilegien wie warme Mahlzeiten und zeckenfreie Sitz- oder Schlafplätze.
„Mausebärchen, Mausebärchen", meckerte Gödde abfällig.
„Dein Hund ist ein notorischer Sexprotz. Ständig hinter den Weibern her. Was wäre denn passiert, wenn *ich* mich damals genauso verhalten hätte?"
„Dafür gibt es Injektionen!", antwortete Rita knapp. „Im Wiederholungsfall: Schnipp-Schnapp."

„Gleich hier in der Küche?"

Rita schüttelte den Kopf. „Ich habe gerade gewischt."

Gödde schaute nach unten. Tatsächlich, der Boden war blitzblank. Schwein gehabt.

Der Ton zwischen Rita und ihm war rau geblieben, auch wenn die eigentlich schon längst totgesagte Beziehung seit einiger Zeit wieder merklich auflebte. Vor etwa drei Monaten hatte sich Gödde notgedrungen mit seiner Ex verabredet, weil da immer noch irgendwelcher Papierkram zum Vermögensausgleich zu klären war.

Wider Erwarten war die Stimmung an diesem Abend außergewöhnlich gut gewesen, fast wie in alten Zeiten. Hermann hatte sich mit einer leichten Migräne in sein Hundekörbchen zurückgezogen und störte nicht weiter. Rita fühlte sich ganz als Frauchen. Gödde übte sich im Schwanzwedeln, und so war es passiert.

Die gelegentliche Wiederaufnahme einer alten Gewohnheit änderte an den Rahmenbedingungen nicht viel. Gödde blieb weiterhin Mitbewohner der leidlich funktionierenden Männer-WG, in der er, Rüssel und Ingo in der Wohnung über dem Beerdigungsinstitut hausten.

Nur die Besuche bei der Ex kamen jetzt immer häufiger vor. Manchmal kam er zum Frühstück, manchmal blieb er zum Frühstück. Alte Liebe rostet nicht, zumindest rostet sie nie ganz durch.

Tanja, die tätowierte Lederbraut mit der Lese- und Rechtschreibschwäche, war schon seit dem letzten Winter nicht mehr angesagt. Knallharter, heißer und ständiger Sex allein reicht eben auf Dauer doch nicht aus für eine solide Beziehung. Jedenfalls nicht länger als zwei bis drei Jahre.

Und jetzt saßen Rita, Gödde und Hermann beim Frühstück und waren kurz davor, sich über den Stellenwert der Hundeerziehung wieder gehörig in die Haare zu geraten. Gödde beschloss, das Thema zu wechseln und schlug die mitgebrachte Tageszeitung auf.

„Mord nach dem Sport: Journalist tot aufgefunden", titelte das Blättchen, das erwartungsgemäß den plötzlichen Tod von Walter Wedelberg als Aufmacher gewählt hatte.

Gödde las vor:
„Gestern Morgen wurde in den Umkleideräumen der Bezirkssportanlage die Leiche von Walter Wedelberg, dem stellvertretenden Chefredakteur der Wochenzeitung „Essener Einblicke" aufgefunden. Der bekannte und verdiente Journalist, der aufgrund seiner kritischen Kolumnen nicht unumstritten..."

„Ha!", fiel Rita Gödde ins Wort, „bekannter und verdienter Journalist. Dass ich nicht lache. Eine miese Chauvi-Sau war das!"

Gödde wurde hellhörig. „Chauvi-Sau" - das hatte er doch erst vor ein paar Stunden auf der Brust des toten Wedelbergs gelesen. Könnte es sein, dass Rita…

„Den Namen Chauvi-Sau hat er sich selbst gegeben", meinte Rita, die manchmal Gedanken lesen konnte. „Warte mal einen Moment!"

Rita verschwand im Arbeitszimmer, während Gödde den mitgebrachten Wurstaufschnitt auspackte und damit Hermanns ungeteilte Aufmerksamkeit erregte. Im Moment schien ihn Salami mehr zu interessieren als Sex.

Rita kam mit ihrem Laptop unter dem Arm zurück in die Küche.

„Der Typ hängt, pardon: hing, in allen möglichen Foren herum und wartete nur auf eine Gelegenheit, um seine diskriminierenden Sprüche loszuwerden", erklärte Rita, während der Computer hochfuhr.

Demnach war der sarkastische Tonfall, mit dem Wedelberg in seinen Zeitungskolumnen hauptsächlich über Leute anderen Geschlechts herzog, noch steigerungsfähig. Unter dem Pseudonym Peter von Chauvisau, kurz PvC, war er in den verschiedensten Internetforen aufgetaucht und hatte jede Menge Gift versprüht. Rita wählte ein Verzeichnis an, klickte auf eine bestimmte Adresse und hielt Gödde den Laptop unter die Nase.

„Hier. Lies beispielsweise mal das!"

Auf der Homepage der Tierschutzinitiative „Fellnäschen" wurde einmal mehr der Handel mit Echtpelzen angeprangert. Im dazugehörigen Blog gab es eine Reihe von teils kontroversen Kommentaren, die sich mehr oder weniger sachlich mit dem Thema auseinandersetzten.

Dann folgte der Beitrag von PvC:

„Der Tierschutz kann ja keine schlechte Sache sein, wenn sich so viele Menschen dafür engagieren. Manche Frauen gehen sogar soweit und sagen: Lieber nackt als im Pelz. Find ich toll. Mir persönlich ist das natürlich auch viel lieber, also: nackt statt in so einem teuren Pelz."

„Volltreffer", kommentierte Gödde das Statement des verblichenen Kollegen. „Damit hatte er nicht nur die Tierschützer, sondern auch die Frauenverbände aller Art ganz auf seiner Seite."

„Das geht noch weiter," erklärte Rita und klickte nach und nach auf ein Dutzend andere Adressen, in denen PvC seine Spuren hinterlassen und damit Reaktionen hervorgerufen hatte, für die der Begriff Shitstorm nur eine sehr schwache Bezeichnung ist.

„Ich habe nichts gegen Frauenliteratur, wenn sie knackig bebildert ist", schrieb Wedelberg dem gleichgeschlechtlichen Theater- und Literaturnetzwerk „Liberale Lesben" ins Stammbuch. Mit ähnlichen Sprüchen hatte er sich bei verschiedenen Schwulenforen, dem selbstbestimmten Abtreibungsforum „Femme Fötale" und anderen Einrichtungen Freunde gemacht.

„Natürlich war längst klar, wer sich hinter PvC verbirgt", erklärte Rita, während sie die Tageszeitung zur Hand nahm. Wedelberg hatte sich nicht viel Mühe gegeben, seine wahre Identität zu verschleiern. Sein Image als widerwärtige Chauvi-Sau war ihm vermutlich genauso wichtig gewesen wie sein Ruf als leicht angegrauter Aufreißer.

„Der alte Mann lebte wirklich verdammt gefährlich", stellte Gödde fest. „Früher oder später musste das ja in die Hose gehen."

Rita blickte von der Zeitung auf.

„In dem Bericht steht aber nichts über die Todesursache."

„Steht noch nicht fest", erklärte Gödde. „Sie hatten ihn jedenfalls an den Füßen am Garderobenständer aufgehängt und etwas auf seine Brust geschrieben: So ergeht es allen Chauvi-Säuen."

„Irgendetwas stimmt da nicht", meinte Rita nachdenklich. „Ich glaube, wenn er den Richtigen in die Hände gefallen wäre, dann…"

„Du meinst: Schnipp-Schnapp?", fragte Gödde mit einigem Unbehagen.

„Genau. Oder sie hätten ihn nicht an den Füßen aufgehängt, sondern…"

Rita grinste gemein. „Möchtest du übrigens Eier zum Frühstück?"

„Nein! Danke! Ich bin schon satt!", rief Gödde hastig. Sein Ent-

setzen klang gespielt, trotzdem machte sich ein unangenehmes Ziehen in der Leistengegend bemerkbar.
„Ich muss sowieso jetzt los. Da ist noch einiges zu erledigen. Außerdem haben wir heute Abend Krisensitzung im Tropf."

5.

Der Sarg hatte die klassische Form, nur der obere Teil des Deckels fiel ein wenig aus dem Rahmen. Die dicke Holzplatte, die der Trauergemeinde normalerweise den Blick auf das Innere erspart, war fachmännisch durch eine exakt zugeschnittene Plexiglasscheibe ersetzt worden. Das Ganze erinnerte an den Schneewittchensarg der Gebrüder Grimm, wobei die Gestalt im Sarg deutlich von der bekannten Märchenvorlage abwich.
Bruno Jakowiak trug sein blau-rotes Narrenkostüm und auf der Brust eine Unzahl von Orden. Der fast drei Zentner schwere Pommes-Pate von Freisenhorst lag bewegungslos auf dem Rücken, hielt Augen und Mund fest geschlossen und schien auf etwas zu warten.
„Liebe Närrinnen und Narren!"
Tusch.
„Die schreckliche karnevalslose Zeit ist nun endlich vorbei!"
Tusch.
„Nun wollen wir den Hoppeditz aufwecken, damit er mit uns gemeinsam die neue Session eröffnet!"
Doppeltusch.
Hans Kissenkötter, Präsident der „Großen KG In Vino Veritas e.V." betete seinen Text herunter, wie er es in jedem Jahr am 11.11. um Punkt 11 Uhr 11 tat.
Zum traditionellen Hoppeditzerwachen hatte der Verein am östlichen Ende des Marktplatzes eine fahrbare Bühne aufgestellt. Dort traten sich nun der Elferrat, einige Lokalpolitiker, die Tanzgarde, der vereinseigene Musikzug und zwei Fotografen von der örtlichen Presse gegenseitig auf die Füße.
Vor der Bühne standen etwa hundert Besucherinnen und Besu-

cher, die die Zeremonie mehr oder weniger gespannt verfolgten. Zwei Mitglieder des Elferrates traten vor und nahmen den Sargdeckel ab. Eine intensive Mischung aus Körperdunst und verbrauchter Luft machte sich auf der Bühne breit.
Im nächsten Jahr werden wir mehr Luftlöcher bohren müssen, dachte Kissenkötter und versuchte, weiterhin gute Miene zur schlechten Luft zu machen.
„Also, lieber Hoppeditz, wach auf!"
Tusch.
Das war das Stichwort für Bruno Jakowiak, sich gähnend und reckend aus dem Sarg zu erheben. Nichts passierte.
„Hahaha. Hoppeditz, du hast nun lange genug geschlafen!" rief Kissenkötter mit schlecht gespielter guter Laune und klopfte auf den Sargrand. „Steh auf!"
Tusch.
Bruno bewegte keinen Muskel.
Kissenkötters Grinsen fror langsam ein. Er schaute verlegen nach rechts und links, beugte sich dann über den regungslosen Hoppeditz und flüsterte: „Bruno, das ist jetzt echt nicht mehr witzig. Heb den Arsch hoch!"
Tusch.
Bei Bruno bewegte sich immer noch nichts. Kissenkötter wurde der Ernst der Situation schlagartig bewusst. Sie hatten nicht zu wenige, sie hatten *gar keine* Luftlöcher in den Sarg gebohrt.
„Wiederbeleben", rief er hektisch. „Irgendjemand muss ihn beatmen."
Die Tanzgarde hatte noch vor einigen Minuten in bester Stimmung die Beine in die Höhe geschmissen. Jetzt wichen die jungen Damen mit einem leisen Aufschrei zurück. Gleichzeitig, als hätten sie diesen speziellen Tanzschritt wochenlang geübt.

Bruno Jakowiak galt offiziell als engagierter, großzügiger Förderer der närrischen Jugend, inoffiziell wollte ihm keines der Mädchen im Dunkeln begegnen.

Vermutlich war das mit der Ohnmacht sowieso wieder nur ein Trick. Sobald sich eine Freiwillige zwecks Mund-zu-Mund-Beatmung über den massigen Körper beugte, würde sie Brunos Hand am Hintern spüren. Nein danke!

Präsident Kissenkötter sah, dass nun wieder einmal alles von ihm abhing. Er kämpfte tapfer gegen die aufkommende Übelkeit an, holte Luft und beugte sich tief über seinen regungslosen Vereinsbruder.

„Lassen Sie mich durch, ich bin Arzt!"

Dr. Kemmerlings Stimme klang in Kissenkötters Ohren wie Engelsgesang. Das war Rettung in letzter Sekunde.

Er machte den Weg für den Doktor frei, setzte sich ohne Rücksicht auf eventuelle Protokollverletzungen auf den Bühnenboden und wischte sich den Schweiß von der Stirn.

Kemmerling befühlte Brunos Puls an Hand und Hals und zog zur Sicherheit ein Stethoskop aus der Jackentasche. Er räumte ein paar Orden zur Seite, legte die Membran auf Brunos Brust und lauschte. Nach einer Weile schüttelte er den Kopf.

„Ihr braucht einen neuen Hoppeditz. Der hier wacht ganz sicher nicht mehr auf."

6.

Die Türglocke riss Rüssel aus seinem Büroschlaf. Er hatte heute Bereitschaftsdienst, was bei dem momentanen Kundenansturm in der „Happy End AG" eine sehr übersichtliche Tätigkeit war. Weil der Mensch bekanntlich mit seinen Aufgaben schrumpft, war er immer tiefer in seinen bequemen Bürosessel eingetaucht und schließlich eingenickt.

Gähnend betätigte Rüssel den Türöffner und rückte seine Krawatte gerade, um seinen ersten Kunden des Tages willkommen zu heißen. Genau genommen wäre es sein erster Kunde der gesamten Woche gewesen, wenn es ein Kunde gewesen wäre.

Die Haustür öffnete sich. Rüssel vernahm gedämpfte Schritte auf dem Holzdielenboden im Flur.

Jasmin steckte die Nase durch die halb geöffnete Bürotür.

„Darf ich reinkommen?"

Sie sprach leise und wirkte wie immer etwas schüchtern.

„Immer hereinspaziert. Das ist aber eine Überraschung!", log Rüssel.

Nachdem er ihren Lebensgefährten Willie nach seiner Psycho-Pilzvergiftung praktisch auf Firmenkosten eingeäschert hatte, war früher oder später mit Jasmins Besuch zu rechnen gewesen. Sie war nicht der Typ, der Gefälligkeiten einkassierte und dann für immer abtauchte. Ein kleines Dankeschön der symbolischen Art war zu erwarten, vermutlich ein selbstgemachtes T-Shirt im modischen Schnitt der frühen 70er Jahre.

„Ich wollte mich für die Sache mit Willie bedanken."

Jasmin zog eine Papiertüte in der Größe eines Gefrierbeutels aus ihrer Umhängetasche. Die Tüte war viel zu klein für ein T-Shirt, aber gerade groß genug für einen von Jasmins selbstge-

häkelten Herren-Strings aus stark kratzender Schurwolle.
Rüssel überlegte krampfhaft, wie er die peinliche Situation mit einem dummen Spruch entschärfen könnte. Er nahm das Präsent mit einem gequälten Lächeln entgegen und hielt die Öffnung der Tüte nach unten.
Ein kleines Bündel 50 Euro-Scheine fiel heraus und landete auf dem Schreibtisch. Etwa zehn an der Zahl, wie Rüssel trotz seiner grenzenlosen Verblüffung registrierte.
„Ich hoffe, das reicht", flüsterte Jasmin und schaute verlegen zur Seite.
„Ja…äh…sicher. Aber das war doch nicht nötig!"
Rüssel kam der schreckliche Verdacht, dass jetzt Jasmins gesamte Monatseinnahmen vor ihm lagen. Und dass die ohnehin sehr zierliche Frau bei ihrer nächsten Begegnung noch einmal fünf Kilo weniger wiegen würde.
„Das ist schon in Ordnung. Die Versicherung hat gezahlt", erklärte Jasmin und machte eine beschwichtigende Handbewegung.
„Ach ja…die Versicherung", bestätigte Rüssel, als wäre es die selbstverständlichste Sache der Welt. Natürlich glaubte er ihr kein Wort. Willie und Lebensversicherung, das passte so gut zusammen wie Wedelberg und der Weltfrauentag.
Rüssel tütete die Scheine wieder ein.
„Hör mal, Jasmin, wir haben das sehr gern für dich und Willie getan. Es ist absolut nicht nötig, dass du…"
„Ach ja, und dann wollte ich bei euch eine Bestattungsversicherung abschließen."
Jasmin zog einen Werbeflyer der Happy End AG mit einem Antragsformular aus der Tasche. Sie lächelte etwas verlegen.
„Ich bin ja auch nicht mehr die Jüngste."

Rüssel war sprachlos. Er nahm den Flyer entgegen, ein weiteres Bündel 50 Euro-Scheine fiel heraus. Bei Jasmin schien tatsächlich der Wohlstand ausgebrochen zu sein. Stimmte die Versicherungsstory etwa doch?

„Kann ich mir mal eure Särge ansehen?", unterbrach Jasmin Rüssels Überlegungen.

„Ja, klar." Rüssel nickte, immer noch etwas verwirrt. „Alles nebenan."

Er erhob sich, deutete mit der rechten Hand in Richtung Ausstellungsraum und ließ Jasmin den Vortritt. Sie machte fünf Schritte vorwärts, zuckte zusammen und blieb so abrupt stehen, dass Rüssel fast in sie hineingelaufen wäre.

„Huch. Eine Leiche!"

Jasmin hielt entsetzt die Hand vor den Mund und starrte auf den Toten, der in einem der Särge aufgebahrt war. Ein Mann um die 70, der Gesichtsfarbe nach zu urteilen schon seit einigen Tagen nicht mehr unter den Lebenden. Rüssel blickte über ihre Schulter, schloss die Augen und schüttelte resignierend den Kopf.

„Entschuldige, aber *den* hatte ich ganz vergessen. Ein trauriger Fall. Lass uns doch einen anderen Termin für die Besichtigung vereinbaren."

Die verschreckte Jasmin schaute ihn aus großen Augen an und nickte heftig. Rüssel nahm sie bei den Schultern und schob sie mit sanftem Druck zur Tür. Jasmin setzte sich in Bewegung.

„Ich melde mich dann", rief Rüssel ihr nach.

Er wartete, bis sich die Tür am Eingang geschlossen hatte und rief dann laut: „Strawinski! Kundschaft!"

Die Leiche riss die Augen auf, richtete sich kerzengerade im Sarg auf und fragte mit verbindlicher Höflichkeit:

„Was kann ich für Sie tun?"

Das war genau das, was Rüssel Jasmin ersparen wollte.
Sie hatten Hugo Strawinski damals praktisch mit der Erbmasse des alten Beerdigungsinstitutes Reichenberger übernommen. Er war der Einzige im Haus, der über eine abgeschlossene Ausbildung im Bestattungsgewerbe und über eine jahrzehntelange Berufserfahrung verfügte.
Strawinski galt als äußerst korrekt und war gleichzeitig eine treue Seele, litt aber unter einer ganz speziellen Berufskrankheit. Sobald er einen Sarg sah, wurde er schläfrig.
Rüssel schüttelte den Kopf. „Strawinski, Strawinski. Wie oft haben wir jetzt darüber gesprochen?"
Strawinski machte ein zerknirschtes Gesicht und senkte schuldbewusst den Kopf.
„Ich kann nichts dafür, es ist stärker als ich."
Dass er seine Pausen mit einem Nickerchen im offenen Sarg zu halten pflegte, wussten Gödde, Ingo und Rüssel bereits seit ihrer ersten Begegnung mit Strawinski. Da er zudem über ausgeprägte Augenringe und einen äußerst blassen Teint verfügte, kaufte man ihm den Sterbe-Status ohne weitere Nachfragen ab.
Zum Glück schnarchte er nie. Wirklich peinlich wurde es nur, wenn er im falschen Moment aufwachte.
Heute war eigentlich Strawinskis freier Tag. Er musste sich in den Ausstellungsraum eingeschlichen haben, als Rüssel sein Nickerchen gehalten hatte. Rüssel nutzte die gute Gelegenheit.
„Wenn Sie schon einmal da sind: Haben wir gestern irgendwelche Aufträge hereinbekommen?"
„Aber ja!", rief Strawinski und freute sich, mit einer guten Nachricht glänzen zu können. „Gestern gegen Mittag kam ein Anruf."
Strawinski umrundete den Schreibtisch, nahm einen Zettel mit

handschriftlichen Notizen in die Hand und las den Namen laut vor: „Der Verstorbene hieß Bruno Jakowiak."

Rüssel kam der Name bekannt vor. Richtig, darüber hatte er am Morgen etwas in der Zeitung gelesen. Bruno Jakowiak war „Der Hoppeditz, der nicht mehr aufwachte". So jedenfalls hatte eines der örtlichen Blättchen den spektakulären Abgang des bekannten Geschäftsmannes und Karnevalisten umschrieben. Entgegen der schlimmsten Befürchtungen seiner Vereinskameraden war der übergewichtige Kassenwart allerdings nicht im Hoppeditz-Sarg erstickt, sondern schon vor der Zeremonie aus noch ungeklärten Gründen verschieden. Ob dabei Fremdverschulden im Spiel war, schien zu diesem Zeitpunkt noch völlig ungeklärt zu sein.

Rüssel dachte kurz nach. Walter Wedelberg hatten sie schon zwei Tage zuvor mit einer vergleichsweise unspektakulären Bestattung unter die Erde gebracht.

Der Happy End AG würde also noch ausreichend Zeit bleiben, um auch den angemessenen Abgang für Bruno Jakowiak vorzubereiten. Und die würden sie brauchen, denn der Verein wollte sich von seinem Kassenwart garantiert mit viel Tschingderassabum in Moll und Konfetti in Schwarz verabschieden. Mit Sonderwünschen war zu rechnen.

„Schon ein komischer Zufall", überlegte Rüssel laut. „Vor ein paar Tagen erst Wedelberg, jetzt Jakowiak."

Wollte da jemand alle C-Promis der Stadt ausrotten?

7.

Was Erwin da auf seinen Oberschenkeln hin und her bewegte, war eindeutig der Gattung „Quetschkommode" zuzuordnen. Andere mochten es Akkordeon oder Ziehharmonika nennen, Erwin nicht.
Mit Recht, denn Begriffe wie „Akkord" oder „Harmonika" passten einfach nicht zu seiner Musik. Erwin sang und spielte so schräg, dass der Kultstatus früher oder später unvermeidbar war.
Als „Erwin Rückkoppler und die Original Katernberger Chorknaben" war er mit seinem betagten Background-Duo jahrzehntelang in allen möglichen Ruhrgebietskneipen unterwegs gewesen. Grob geschätzt kamen bei dem Trio 200 Lebensjahre und 20 Jahre Knast wegen fortgesetzter Ruhestörung zusammen.
Ein ganzer Liederabend mit Rückkoppler & Co. war jedenfalls eine ziemliche Strapaze.
Die fortschreitende Dezimierung der Band änderte daran nur wenig. Nachdem Chorknabe Herbert letzten Sommer mit einem ohrenbetäubenden Katzenjammer zu Grabe getragen worden war und Chorknabe Dieter sich vor sechs Monaten eine Dauerkarte für die Reha eingefangen hatte, stand Erwins Solokarriere nichts mehr im Wege.
Im Moment saß er auf einem wackeligen Stuhl im „Tropf" in Kettwig und röhrte seinen eigenen Text zu einer Melodie, die so ähnlich klang wie „Griechischer Wein":
„Kriech` ich dann heim,
wartet da schon meine Olle,
sie schlägt auf mich ein,
mit der harten Nudelrolle,

*sie macht mich platt,
und brech ich mir dabei nur das Bein,
hab ich noch Schwein…"*

Erwin sang mit viel Herz, dafür praktisch ohne erkennbare Melodie und immer mit einem leidenden Gesichtsausdruck, der seine selbstverfassten Texte glaubhaft wirken ließ.
Die Klagelieder auf unerträgliche Hartz-4-Sanktionen, teuren Schnaps oder das jahrhundertealte Problem der Männerfeindlichkeit wurden von einer einzigartigen Mimik begleitet. Wenn Erwin bei seinem Musikvortrag so richtig in Fahrt gekommen war, zogen sich seine tiefen Gesichtsfalten synchron mit dem Faltenbalg seiner Quetschkommode zusammen und wieder auseinander. Allein dieser Anblick war schon das Geld wert, das Erwin dafür gerne bekommen hätte.
Tropf-Wirt Gottfried hatte im letzten Jahr Live-Musik an jeden zweiten Freitag im Monat angekündigt und anfangs auch einige brauchbare Bands auf die improvisierte Bühne der alten Kneipe geholt. Nach unschönen Diskussionen um die leidige Honorarfrage waren ihm die Künstler dann nach und nach von der Fahne gegangen.
Immer öfter musste Erwin einspringen, weil er den Wirt ausschließlich Bier, Schnaps und Frikadellen kostete. Zuletzt wurden alle Musikabende nur noch vom ihm bestritten. Das Ganze war eine ziemlich laute Angelegenheit, besonders wenn man dabei noch ein wichtiges Gespräch führen wollte.
„Also, meine Herren: Ich eröffne die außerordentliche Sitzung des Finanzausschusses der Happy End AG", begrüßte Ingo den weiteren Aufsichtsrat, bestehend aus Gödde und Rüssel, am Stammtisch ihrer alten Lieblingskneipe.

„Der einzige Tagesordnungspunkt…"
Ingo stockte, denn der von Erwin verursachte Geräuschpegel schwoll in diesem Moment wieder merklich an.
„Muss ich dann spein…"
Ingo fuhr lauter fort: „…der einzige Tagesordnungspunkt ist die prekäre Finanzlage der Happy End AG…"
„…seh ich Halbverdautes wieder…"
„… und die Maßnahmen zur deren Behebung."
„…Gyros vom Schwein…"
„Ich möchte deshalb zunächst…"
„…prasselt auf den Teppich nieder…"
Ingo sackte in sich zusammen, schüttelte den Kopf und schwieg. Gegen Erwins Röhre kam er einfach nicht an.
„…lang war ich satt,
werde nun mal wieder hungrig sein.
Muss das sein?"

Erwin spielte noch einige Schlussakkorde, bekam einen etwas lückenhaften Beifall und ging dann mit dem Hut herum. Von Schnaps, Bier und Frikadellen allein lebt es sich nun einmal schlecht. Eine Zeit lang würde im „Tropf" Ruhe sein.
Ingo nutzte seine Chance und fasste die Situation des Beerdigungsinstitutes zusammen. Vor etwa vier Jahren hatten die drei Freunde dem Laden als „Happy End AG" erfolgreich ein völlig neues Konzept verpasst. Abgefahrene Beerdigungen, eine regelmäßige Road-Show als Werbeveranstaltung und ein ausgefeiltes Merchandising sorgten dafür, dass die Kassen der Firma ganz gut gefüllt waren. Vieles hatte sich nun im wahrsten Sinne des Wortes totgelaufen. Selbst die innovativsten Marketingideen setzten sich nicht mehr richtig durch.

„Wie läuft denn der Frühbucherrabatt?", erkundigte sich Gödde nach dem Erfolg einer speziellen Sterbeversicherung, die die Happy End AG bei einer der langen Sitzungen im „Tropf" ausgearbeitet hatte.

Ingo nahm einen dünnen Schnellhefter, blätterte kurz darin und verkündete dann stolz: „200 Prozent Zuwachs."

„Wie viel ist das in Verträgen gerechnet?"

„Zwei. Piwi und Werner haben unterschrieben."

Gödde blickte zur Theke. Dort standen Piwi und Werner an ihrem Stammplatz und taten alles, um möglichst bald in den Genuss ihrer bereits angezahlten Low-Budget-Beerdigung zu kommen. Sehr viel weniger hatten sie vor dem Vertragsabschluss aber auch nicht gesoffen.

„Wir müssen uns dringend etwas Neues einfallen lassen, sonst ist bald wieder Ebbe in der Kasse", fasste Ingo zusammen. „Ich bitte um Vorschläge!"

„Wie wärs denn mit einer Reiserücktrittsversicherung?", meldete sich Rüssel zu Wort.

„Einer was?", fragte Ingo mit einem Stirnrunzeln, das selbst Erwin alle Ehre gemacht hätte. Auch Göddes Gesichtsausdruck wirkte eher verständnislos.

„Reiserücktrittsversicherung", wiederholte Rüssel geduldig. „Überlegt euch mal folgendes: Was passiert, wenn die vermeintliche Leiche vor oder während der Beerdigung wieder aufwacht? Soll schon vorgekommen sein. Wer übernimmt dann die Kosten für Sarg, Blumen, Kapelle und so weiter? Unsere Reiserücktrittsversicherung! Vorausgesetzt, der Kunde hat vorher mindestens ein Jahr lang einen stattlichen Monatsbeitrag eingezahlt."

Rüssel grinste seine Geschäftspartner triumphierend an, als

hätte er gerade ein Gesetz zum Verbot von benzinbetriebenen Laubsaugern durch den Bundestag gebracht. Der Funke der Begeisterung wollte aber nicht so richtig überspringen.
„Reiserücktrittsversicherung. Aha. Stimmen wir ab", schlug Ingo vor. „Wer ist dafür?"
Rüssel hob die Hand, Ingo und Gödde rührten keinen Finger. Das Konzept war mit zwei gegen eine Stimme abgelehnt. Eine ähnliche Spontanidee von Rüssel hatte sie schließlich schon einmal hinter Gitter gebracht.
„Ihr habt eben keinen Sinn für innovative Ideen", maulte Rüssel beleidigt. „So kommen wir nie wieder auf einen grünen Zweig."
„Für den Bestand unserer Firmenkasse wäre es schon hilfreich, wenn du nicht jeden zweiten Auftrag nach Sozialtarif abrechnen würdest", brachte Ingo einen heiklen Punkt zur Sprache.
In eingeweihten Kreisen galt Rüssel nämlich längst als der Robin Hood des Bestattungsgewerbes. Die kleinen Leute bekamen einen günstigen Sondertarif oder gleich alles umsonst, die Großen zahlten etwas mehr.
Natürlich hatte das Ganze einen Haken: Die Großen hatten es mit dem Sterben nicht besonders eilig. Sie ernährten sich von teurem Bio-Zeugs, hatten in der Regel ihren eigenen „Personal Fitness Trainer" und spielten mit mindestens fünf Quacksalbern verschiedener Fachrichtungen im selben Golfclub. Rüssels Rechnung schien also nicht ganz aufzugehen.
„Ein Herz für arme Leute ist ja ganz in Ordnung", schloss Gödde sich der Kritik an. „Aber wir sind selber arm. Du kannst nicht jeden zweiten Auftrag umsonst erledigen. Wie beispielsweise bei Jasmin und Willie!"
„Und was ist das hier?", fragte Rüssel triumphierend und knallte ein dünnes Bündel Euro-Scheine auf den Tisch.

Gödde und Ingo musterten die zerknitterten Lappen interessiert.
„Keine Ahnung. Sag du es uns!"
„500 Euro für die Bestattung von Willie. Jasmin war heute im Laden und hat bezahlt. Weitere 500 Euro hat sie als Jahresbeitrag für eine Bestattungsversicherung abgedrückt."
Ingo und Gödde starrten mit offenen Mündern zuerst auf Rüssel, dann auf die Geldscheine, dann wieder auf Rüssel.
„So viel Kohle hat die doch noch nie auf einem Haufen gesehen", meinte Gödde. „Vielleicht war in der Urne doch Shit."
Rüssel zuckte mit den Achseln.
„Jasmin sagt, Willie wäre irgendwie versichert gewesen."
„Genug nachgeforscht. Das müssen wir begießen. Noch drei Alt!", rief Gödde.
„Und drei Frikadellen", ergänzte Ingo.
„Und drei Hirntot", legte Rüssel nach.
Gödde und Ingo verdrehten die Augen. Das konnte schlimm ausgehen.
Bei Rüssels Lieblingsschnaps „Hirntot" handelte es sich um ein Konglomerat aus Sambuca und Sahnelikör, das nach dem Einschenken wie eine in Spiritus konservierte Probe für die Samenbank aussah. Gödde hoffte jedes Mal, dass ihn der widerliche Anblick früher oder später vom Weitersaufen abhalten würde. Die Hoffnung stirbt wohl doch zuletzt, vorher sind allerdings noch einige Millionen Hirnzellen an der Reihe.
„Na dann: Ex!"
Gödde kippte sich den Schnaps mit der fragwürdigen Optik hinter die Binde, verspürte ein starkes Brennen und ein schwaches Gefühl der Übelkeit. Es war Zeit für einen Besuch auf dem Klo, nur zur Sicherheit.
Gödde stand auf und machte sich auf den Weg durch die Knei-

pe, der zu dieser Jahreszeit beschwerlich und mitunter auch gefährlich werden konnte. Tiefhängende Lichterketten, scharfkantige Christsterne und Nikolausmützen mit blinkenden Bömmeln säumten seinen Weg.
Wirt Gottfried musste eine schlimme Kindheit hinter sich haben. Jedenfalls pflasterte er seine Kneipe spätestens Mitte November mit einer Lichterdeko zu, neben der jeder herkömmliche Weihnachtsmarkt wie ein dezentes Candlelight Dinner wirkte.
Gödde passierte die Theke, an der sich die verbliebene Saufkundschaft aufreihte: Piwi und Werner, die um Runden knobelten, sein scheidungsgeplagter Schulkamerad Dr. Kemmerling, der einem blonden Tanzmariechen gerade die Notwendigkeit regelmäßiger Vorsorgeuntersuchungen erläuterte und Jürgen, der im „Tropf" zum festen Thekeninventar gehörte.
Wenn er sich nicht gerade ein Glas nach dem anderen genehmigte, lag er mit dem Kopf auf der Theke und schlief. Diesmal allerdings saß Jürgen kerzengerade auf seinem Hocker, den Blick starr auf ein Schnapsglas mit einer braunen Flüssigkeit gerichtet.
Und er weinte.
Gödde blieb stehen und überzeugte sich, dass ihm der letzte „Hirntot" keine optische Täuschung beschert hatte. Tatsächlich, über Jürgens aufgedunsenes Gesicht liefen dicke Tränen.
„Was ist denn los?", fragte Gödde mitfühlend und legte die Hand auf Jürgens Schulter.
„Hat Gottfried die Getränkepreise erhöht?"
„Papa ist tot", schluchzte Jürgen und presste die Lippen zusammen.
Gödde stutzte zunächst, nickte dann aber verständnisvoll. Natürlich, auch Jürgen war nicht von irgendeiner Mondschein-

destille ausgespuckt worden und direkt auf seinem Hocker im „Tropf" gelandet.
Er hatte Eltern gehabt, eine Kindheit, einen vergitterten Laufstall und vermutlich ein Nuckelfläschchen, das auf drei Teile Milch je zwei Teile Schnaps enthielt.
„Wie alt war er denn?", fragte Gödde und versuchte, sich Jürgens Vater vorzustellen. Ein eleganter, schlanker Herr mit einem weißen Zylinder, einer roten Jacke und einer weißen Hose.
Nein, das war Johnnie Walker.
Irgendwie fiel Gödde in Jürgens Nähe nur die dynamische Figur vom Label seiner bevorzugten Whiskeymarke ein.
„65. Kein Alter", antwortete Jürgen leise. „Und er war kerngesund. Es kam alles so plötzlich."
„Aber dann hat er doch sicher nicht gelitten, oder?", unternahm Gödde einen letzten Versuch des Trostes.
„Doch!", schluchzte Jürgen. „Die Schweine haben ihn an den Füßen aufgehängt. In einer Herrenumkleide!"
Gödde zuckte zusammen. Das konnte doch nicht wahr sein.
„Walter Wedelberg war *dein Vater*?", rief er entgeistert.
Jürgen legte einen Finger auf die Lippen und blickte sich nach allen Seiten um.
„Das ist ein Geheimnis. Er hat meine Mutter nie geheiratet."
„Ach so", meinte Gödde. Das passte natürlich gut zum alten Wedelberg. Jürgen schien seine Gedanken erraten zu haben.
„Aber es stimmt nicht, was alle sagen!", verkündete er. „Papa war ein guter Mensch. Als ich klein war, hat er mich fast an jedem Wochenende besucht und mir Süßigkeiten mitgebracht."
„Meistens Weinbrandbohnen, oder?", fragte Gödde.
Jürgen hielt inne und schaute Gödde erstaunt an.
„Woher weißt du das denn?"

„Nur so geraten", antwortete Gödde und gab sich Mühe, betont harmlos zu wirken.

„Außerdem hat er uns immer unterstützt", beharrte Jürgen darauf, dass sein verblichener Erzeuger mit engelsgleichen Eigenschaften geglänzt hatte. „Allein mit dem Geld, das Mama auf dem Bahnhofsklo verdient, wären wir nie über die Runden gekommen."

Gödde musste husten. Mutter des unehelichen Sohnes eines Starjournalisten arbeitet auf dem Bahnhofspissoir, dachte er. Für diese Info hätte die Feindpresse zu Wedelbergs Lebzeiten ein Vermögen ausgespuckt.

Gödde entschied sich zu einer diplomatischen Antwort.

„Der Mann hatte es sicher auch nicht leicht."

Jürgen nickte heftig. „Genau. Er war ein feiner Kerl!"

Er leerte sein Glas in einem Zug, richtete sich auf seinem Barhocker kerzengerade auf, hob theatralisch den Zeigefinger und blickte Gödde direkt in die Augen.

„Ich will, dass sein Mörder gefasst wird, hörst du?"

Dann sackte Jürgen in sich zusammen, landete wie gewohnt mit dem Kopf auf der Theke und gab nach wenigen Sekunden laute Schnarchgeräusche von sich.

Wenn ihn keiner aufweckte, würde er hier liegen bleiben, bis die Putzfrau kommt.

8.

Als Gödde vom Klo zurückkam, war schon Bescherung. Rüssel hatte sich Bart und Mütze von Gottrieds Pappmaché-Weihnachtsmann ausgeliehen. Er begrüßte Gödde mit tiefer Stimme und schwerer Zunge.

„Ho, ho, ho, warst du denn auch schön artig?"

„Sogar abartig. Würde ich sonst dieses Zeug saufen?"

Gödde deutete auf die noch ungeleerten Schnapsgläser, die sich mittlerweile rund um seinen Deckel angesammelt hatten. Er war etwa eine Viertelstunde unterwegs gewesen und damit bereits zwei Runden im Rückstand.

Rüssel und Ingo legten ihre Turnier-Schlagzahl vor. Der Abend konnte nur böse enden. Gödde versuchte, die Notbremse zu ziehen, bevor es ganz zu spät war.

„Wollten wir nicht eigentlich über unsere berufliche Zukunft reden?"

„Genau!", stelle Ingo leicht lallend fest. „Also wie gesagt: Ich bitte um Vorschläge."

„Betätigen wir uns doch nebenberuflich als Detektive. Wir stehen schließlich schon mit einem Bein in unserem ersten Fall", verkündete Gödde. Er schaute seinen verständnislos dreinblickenden Freunden in die schon etwas glasigen Augen und berichtete von seinem Gespräch an der Theke.

„Jürgen ist…äh, war Walter Wedelbergs Sohn?"

Auch Rüssel konnte es kaum glauben.

„Genau", bestätigte Gödde. „Jürgen möchte unbedingt, dass der oder die Täter gefasst werden. Wir könnten einem guten Freund einen Gefallen tun."

Ingo wiegte den Kopf hin und her.

„Guter Freund…naja. Aber ich sehe nicht, wie uns das bei unserer finanziellen Situation helfen soll."

„Außerdem", erklärte Gödde geduldig, „hat die Staatsanwaltschaft für die Aufklärung des Mordes an Wedelberg 5.000 Euro zur Belohnung ausgesetzt."

„Ein interessanter Fall", meinte Rüssel mit plötzlichem Interesse.

„Und wir helfen einem Freund", stimmt Ingo zu. „Was haben wir denn so alles an Hinweisen?"

„Tja…" Gödde zögerte ein wenig. „Wenn man die Inschrift auf der Brust des toten Wedelbergs und seinen Beliebtheitsgrad in einschlägigen Kreisen in Betracht zieht, wären die Verdächtigen vermutlich in bestimmten Frauenverbänden zu suchen…"

Rüssel und Ingo zuckten zusammen und schluckten. Ermittlungen bei den Emanzen, das war gerade für den Anfänger eine heikle Angelegenheit. Ein falsches Wort und man konnte froh sein, wenn man geteert und gefedert, aber immerhin mit heiler Haut davonkam.

Selbst echte Gesetzeshüter wie Zimmerhaus und Kleinelt würden bei ihren Ermittlungen äußerst behutsam vorgehen müssen. Was Gödde, Ingo und Rüssel als Amateur-Detektive ohne Polizeimarke und ohne Dienstwaffe mit geweihten Silberkugeln beim kleinsten Fehler erwartete, war kaum abzuschätzen.

Gödde schüttelte den Kopf. „So ergeht es allen Chauvi-Säuen", zitierte er den Spruch auf Wedelbergs Brust. „Das wäre doch viel zu einfach! Rita meint auch, dass hier jemand eine falsche Spur legen wollte."

Ingo und Rüssel nickten. Die sich andeutende Wende der Ermittlungsrichtung kam ihnen sehr entgegen. Sollen Zimmerhaus und Kleinelt sich doch den Lack zerkratzen lassen.

„Also: Wo und wie sollen wir mit der Recherche beginnen?"
„Wedelbergs Verflossene - also Jürgens Mutter - arbeitet auf dem Bahnhofsklo", dachte Gödde laut nach. „Vielleicht bekommen wir von ihr ein paar brauchbare Informationen."
„Gute Idee", meinte Ingo. „Wann gehen wir hin?"
„Nur einer geht", antwortete Gödde. „Wir müssen morgen schließlich auch noch eine Beerdigung vorbereiten."
„Und wer soll…," fragte Ingo zögernd und voll dunkler Vorahnungen.
„Immer der, der fragt!" Rüssel grinste ihn an.
Ingos Mundwinkel fielen nach unten. Na wunderbar, dachte er entnervt, der erste Fall führt gleich in die Unterwelt.
Er hob die Hand. „Noch drei Hirntot."

9.

Gegen 2 Uhr begann Moni, das Licht in den hinteren Räumen des „Tropfs" auszuschalten. Ein sicheres Zeichen dafür, dass es nun auch keine aller-aller-allerletzte Runde mehr geben würde. Ingo interessierte das herzlich wenig, denn er lag schon seit einer halben Stunde mit dem Kopf auf dem Tisch und schlief. Gödde sammelte die aufgequollenen Bierdeckel ein und machte sich auf den Weg zur Theke, um die nicht ganz unerhebliche Rechnung zu begleichen. Er war alles andere als nüchtern, aber immer noch etwas klarer als seine beiden Kompagnons.
Rüssel hatte sich vor etwa zehn Minuten mühevoll vom Tisch erhoben, etwas von „Droschke besorgen" genuschelt und den „Tropf" dann schwankend verlassen. Immer noch geschmückt mit der Mütze und dem zerzausten Bart von Gottfrieds Pappmaché-Nikolaus.
Moni gähnte demonstrativ, als Gödde ihr zwei größere Scheine mit einem großzügigen „Stimmt so!" auf die Theke knallte.
„Danke", meinte Moni, wenig beeindruckt, gähnte noch einmal und deutete dabei auf den schnarchenden Ingo. „Den kannste aber nicht hier liegenlassen. Soll ich euch ein Taxi rufen?"
„Wird…wird wohl nicht nötig sein", antwortete Gödde mit schwerer Stimme, während er den leblosen Ingo vom Stuhl hob und wie einen Sack Zement auf seine Schulter wuchtete. Er hatte da so eine Vermutung.
„Tschüss dann."
Gödde winkte Moni zu und schloss die Kneipentür von außen. Er bewältigte schwankend einige Stufen der Kirchtreppe, umrundete die Marktkirche und schlug dann den Weg in Richtung Marktplatz ein.

Draußen war keine Menschenseele zu sehen. Auch auf der Straße bewegte sich nichts. Abgesehen von einem Leichenwagen, der ohne Licht in Schlangenlinien fuhr und von einem völlig besoffenen Weihnachtsmann gesteuert wurde.
Rüssel bremste den Wagen ruckartig ab und streckte den Kopf durch das Seitenfenster.
„Ho, ho, ho. Denkt euch, ich habe das Christkind gesehn. Es saß auf dem Schlitten und…"
„Du willst…doch jetzt nicht mehr fahren?", unternahm Gödde einen schwachen Versuch, Rüssel von seinem Vorhaben abzubringen. Er wusste, dass es zwecklos war. Außerdem wurde der bewusstlose Ingo auf seiner Schulter immer schwerer.
„Wiessso nicht? Schlafen doch schon alle…"
Gödde schüttelte den Kopf und ging schwankend um den Wagen herum. Er öffnete die Heckklappe und deponierte Ingo auf der Ladefläche.
„Du fährst ohne Licht, du Weihnachtsmann!", sagte er, nachdem er neben seinem benebelten Chauffeur Platz genommen hatte.
„Die Rentiere kennen den Weg!"
„Mach an! Und nimm den Weg über Werden. Das ist sicherer."
„Ganzzzz wie Sie wünschen!"
Mit einer schwungvollen Handbewegung betätigte Rüssel den Lichtschalter und gab Gas.
Nach etwa 500 Metern bogen sie von der Kirchfeldstraße rechts auf die Graf-Zeppelin-Straße ab. Rüssel fuhr zügig, kam aber wegen der Schlangenlinien nur langsam vorwärts. Fast hatte er den Abzweig zur Ruhrtalstraße verpasst.
In den Häusern am Straßenrand machte sich die bevorstehende Adventszeit bereits deutlich bemerkbar. Die fernöstliche Niedervolt-Mafia hatte die Schaufenster der meisten Geschäfte

und die Fenster der darüber liegenden Wohnungen schon fest im Griff.

Gödde schüttelte noch einmal den Kopf und blickte wieder nach vorn. Vor ihnen tauchte die Bushaltestelle am Alten Bahnhof Kettwig auf.

Auch dort sah es ganz so aus, als hätte Gottfried seine Weihnachtsdeko bis hierher ausgedehnt. Blinkende Lichter, bunte Warnwesten mit grünen Christsternen und eine leuchtende Polizeikelle, die ihnen den Weg wies wie der Stern von Bethlehem. Eben alles, was so zu einer voradventlichen Verkehrskontrolle dazu gehört.

Gödde stöhnte und fasste sich an die Stirn. Rüssel verzog das Gesicht und sog die Luft so intensiv ein, dass er ein paar Haare des künstlichen Bartes zwischen die Zähne bekam. Einen Moment lang sah es so aus, als wollte er Gas geben und sich an dem Beamten mit der Kelle vorbeischlängeln. Dann siegte Vernunft über Vernebelung.

Rüssel hielt an, fuhr das Fenster herunter und versuchte sich an einem betont harmlosen Gesichtsausdruck. Es sah ziemlich bescheuert aus.

„Guten Abend. Können Sie sich denken, weshalb wir Sie angehalten haben?"

„Ja. Ich glaube…meine Frisssur sitzt nicht richtig."

Rüssel grinste den Beamten an und schob die Mütze und den Bart ein wenig aus dem Gesicht.

Der Beamte blieb ziemlich ernst.

„Fahrerlaubnis und Fahrzeugschein bitte. Haben Sie in den letzten 24 Stunden Alkohol zu sich genommen?"

„Och, so lange ist das…noch gar nicht her. Aber nur ein kleines…bisschen. Aus ganzzz kleinen Gläsern. Ich bin eigentlich…eigentlich stocksnüchtern."

„Warum fahren Sie dann in Schlangenlinien?"

„Weil ich…weil ich mit den Knien lenke." Rüssel hob belehrend den Zeigefinger. „Sie wissen ja: Am Steuer herrscht strennngstes Händeverbot!"

„Das heißt Handyverbot. Aber das wird vorerst nicht ihr größtes Problem sein. Sind Sie mit einem Alkoholtest einverstanden?"

„Wasss…was hätten Sie denn anzubieten?"

„Steigen Sie bitte aus!"

Rüssel gehorchte, schälte sich umständlich aus dem Wagen und versuchte, einigermaßen gerade zu stehen. Es klappte nicht besonders gut.

Gödde hockte währenddessen fast regungslos auf dem Beifahrersitz und fixierte kritisch das beleuchtete Nummernschild des Streifenwagens, der direkt vor ihrem Leichenwagen stand. Man konnte nie wissen, sicher ist sicher.

Gödde nahm sein Handy, wählte 112 und sprach mit beachtlich klarer Stimme: „Hallo Kollegen. Wir haben hier eine Kennzeichenüberprüfung: NRW-5-7…"

„Steigen Sie bitte auch aus!"

Ein zweiter Beamter war an die Beifahrertür herangetreten. Er hatte vorsorglich die Hand auf seine Dienstwaffe gelegt, beugte sich nun zu Gödde herunter und nahm ihm das Handy aus der Hand.

Dabei bemerkte er, dass der Leichenwagen offensichtlich nicht nur für eine private Alkoholfahrt benutzt wurde. Auf der Ladefläche zeichneten sich klar die Umrisse einer Leiche ab, die aber ganz sicher nicht in der vorschriftsmäßigen Form transportiert wurde.

Der Beamte kniff die Augen zusammen, leuchtete mit seiner

Taschenlampe auf die Ladefläche und sagte zu Gödde: „Ich hätte gerne mal den Totenschein gesehen."

Berücksichtigt man den Zustand, kam Ingos Reaktion geradezu blitzartig. Er schnellte hoch und blickte mit leichenblassem Gesicht schuldbewusst in den Lichtkegel der Taschenlampe.

„Ich habe das heute…heute nicht mehr geschafft, Herr Wachtmeister. Wollte mir gleich morgen einen besorgen. Ganzzzzz ehrlich!"

Der verschreckte Beamte wich stolpernd zurück, ließ die Taschenlampe fallen und landete auf dem Hintern. Er presste Göddes Handy ans Ohr, das immer noch mit der Wache verbunden war.

„Wir brauchen Verstärkung!"

10.

Die Morgensonne kannte keine Gnade. Mit zusammengekniffenen Augen standen Rüssel, Ingo und Gödde auf dem Treppenabsatz am Haupteingang des Polizeipräsidiums. Sie versuchten vergeblich, sich nach stundenlanger Dunkelhaft im grellen Tageslicht zu orientieren.

Gegen 8 Uhr waren sie von einem missmutigen Beamten unsanft geweckt, dem wohligen Komfort der Ausnüchterungszelle entrissen und zum Checkout-Schalter des Präsidiums gebeten worden.

Dort mussten sie feststellen, dass rein gar nichts von ihrer Vorabendbestellung - drei Kaffee, drei Sonnenbrillen, sechs Aspirin - geliefert worden war. Immerhin bekamen sie ihre persönlichen Sachen wieder zurück. Es war alles noch da, sogar die Nikolausmütze und der künstliche Bart aus Gottfrieds Kneipe. Nur Rüssels Führerschein fehlte.

„Guck mal, Mami, drei Chinesen."

Die imitierte Kinderstimme kam ihnen irgendwie bekannt vor. Sie schauten sich um. Natürlich, es gab hier nur einen, der die Fragen stellte und die Witze machte. Oberkommissar Zimmerhaus war bester Laune.

„Wieder mal ein schneller Hirntot?", erkundigte sich der Beamte, der den Verlauf des vorangegangenen Abends mühelos an der Zahl ihrer Augenringe ablesen konnte.

„Sehr witzig", antwortete Gödde und überlegte, ob sein Restalkohol wohl für mildernde Umstände bei schwerer Beamtenbeleidigung ausreichen würde.

Dann fiel ihm ein, dass Zimmerhaus in dieser Situation ja ganz nützlich sein konnte.

„Äh, könntest du uns vielleicht kurz zu unserem Wagen fahren?"

Zimmerhaus verzog den Mund.

„Bei eurer Fahne müssen wir unterwegs aber alle Fenster offen lassen. Ich fahre euch zu eurem Laden, den Wagen lasst ihr besser noch stehen."

Gödde nickte nur. Einer von drei Führerscheinen war schon weg. Wenn sie in diesem Tempo weitermachten, würden sie die Särge bald mit der Rikscha befördern müssen.

Das Dienstfahrzeug stand nur wenige Meter entfernt auf dem großen Parkplatz des Präsidiums. Der grasgrüne Zivil-VW wirkte unauffällig, wenn man von dem großflächigen Lackschaden an der Beifahrertür absah. Irgendjemand hatte einen großen Kreis mit einem Kreuz darunter tief in den ansonsten makellosen Lack eingeritzt.

Gödde konnte sich ein Grinsen nur mit Mühe verkneifen.

„Habt ihr die Ermittlungen im Fall Wedelberg etwa schon aufgenommen?"

Die Laune des Oberkommissars verschlechterte sich schlagartig. „Verdammte Weiber. Dabei sind wir so behutsam vorgegangen. Los, einsteigen!"

Gödde hockte sich auf den Beifahrersitz, während Rüssel und Ingo es sich hinten bequem machten. Beinahe hätte Rüssel sich auf zwei dünne Aktenordner gesetzt, die auf der Rückbank lagen. Im letzten Moment zog Ingo die Kladden unter seinem Hintern weg und deponierte sie sicher auf seinen Knien.

Zimmerhaus startete den Wagen und ordnete sich in den regen Morgenverkehr ein.

Ingos Blick fiel auf die Aufschrift des oberen Schnellhefters.

„Wedelberg" stand dort.

Er schaute unauffällig zu Rüssel herüber, stieß ihn mit dem Ellenbogen an und deutete dann mit den Augen auf den Ordner. Rüssel blickte zuerst stirnrunzelnd auf den Namensvermerk, dann hellte sich sein verkniffener Gesichtsaufdruck merklich auf. Sein Mund öffnete sich zu einem lautlosen „Geil".
Er tippte Gödde auf die Schulter, wartete, bis dieser sich umdrehte und hielt den Ordner dann unauffällig in seine Richtung. Gödde las die Aufschrift und verstand sofort. Zimmerhaus brauchte jetzt etwas Ablenkung von seinem harten und eintönigen Berufsalltag.
„Sag mal, hast du eigentlich die Kojak-Sirene noch?", fragte Gödde mit gespielter Neugier.
Die Begeisterung des Kommissars für derlei Schabernack war ebenso bekannt wie sein Faible für US-Krimis aus den 60ern und 70ern. Vor ein paar Jahren hatte er sich in einem Versandhaus den „Originalnachbau" einer New Yorker Polizeisirene besorgt und heimlich in seinen Dienstwagen eingebaut.
Das war natürlich nicht erlaubt, aber was sollte da schon groß passieren? Zimmerhaus gehörte schließlich zu den Guten, eine falsche Polizeisirene in einem echten Polizeiwagen fiel da nicht besonders ins Gewicht.
Das selbstzufriedene Grinsen des Oberkommissars zeigte Gödde, dass er ins Schwarze getroffen hatte.
„Na klar habe ich die noch. Aber für euch schalte ich das Ding jetzt bestimmt nicht ein."
„Nur einmal ganz kurz", bettelte Gödde.
„Das kann aber Ärger geben…"
„Och komm…"
Auf dem Rücksitz nutzten Rüssel und Ingo derweil die Gelegenheit zu einem diskreten Einblick in die Ermittlungsakten.

Der Bericht der Spurensicherung gab so gut wie nichts her. Bei dem verwendeten Lippenstift und den Kabelbindern handelte es sich handelsübliche Massenprodukte.

Genetisches Beweismaterial hatte die „Spusi" am Tatort in Hülle und Fülle sichergestellt, was aber angesichts einer nur sehr sporadisch gereinigten Herrenumkleide praktisch nichts zu bedeuten hatte.

Deutlich interessanter erschien der Autopsiebericht. Demnach war Wedelberg schon einige Stunden vor seiner Hängepartie an der Garderobe durch eine gezielte Injektion in das Herz ins Jenseits befördert worden. Die Dosierung und die Injektion hatte jemand vorgenommen, der sein Handwerk offensichtlich verstand.

„Also gut, aber nur ganz kurz!"

Gödde hatte das Scheingefecht gewonnen. Das auf- und abklingende Gewimmer der US-Polizeisirene sorgte für einiges Aufsehen am Straßenrand. Zimmerhaus war soweit abgelenkt, dass Ingo und Rüssel noch einen Blick in den zweiten Ordner werfen konnten.

Die Ermittlungen im Todesfall Jakowiak waren offensichtlich reine Routinesache. Laut Bericht war der diabeteskranke Pommes-Pate von Freisenhorst nicht etwa im Sarg erstickt, sondern an einer falsch dosierten Injektion mit Insulin verstorben. Ein Fremdverschulden schien unwahrscheinlich.

Ingo und Rüssel schauten sich enttäuscht an. Das war vermutlich kein Fall für die neue Detektei.

11.

Der Mann mit dem Presslufthammer setzte sein Gerät direkt an Ingos Schädel an. Zumindest schien es ihm so. Die lärmintensiven Bauarbeiten auf dem Bahnhofsvorplatz waren das Letzte, was ihm zu seinem gigantischen Kater noch gefehlt hatte.
Es ging mittlerweile auf den Nachmittag zu, aber Ingo plagten immer noch Probleme mit dem Gleichgewicht und der Sehschärfe. Trotzdem hatte er sich pflichtbewusst auf den Weg zum Bahnhof gemacht, um die ersten Ermittlungen im Fall Wedelberg aufzunehmen.
Der Pfeil mit der Aufschrift „Toiletten" zeigte nach unten. Natürlich, das Klo war im Keller.
Ingo atmete noch einmal tief durch und machte sich auf den Weg. Mit jeder Treppenstufe wurde die Luft schlechter und das Licht trüber. Ingo meinte, leise flüsternde Stimmen zu hören, aber das kam wahrscheinlich nur von den altertümlichen Wasserrohren im Bahnhofsgebäude.
Unten am Treppenabsatz machte der Gang einen Knick und führte dann in einen Vorraum. Links und rechts gab es je einen Durchgang, über dem vergilbte Schilder mit der Aufschrift „Herren" und „Damen" angebracht waren.
Etwa in der Mitte des Vorraumes stand ein Tisch mit zwei Stühlen, dem obligatorischen Tellerchen mit Kleingeld und einen Pappschild mit dem Wort „Danke!" darauf. Dahinter erblickte Ingo ein aufgeschlagenes Boulevardblatt, hinter der er die Herrin der Unterwelt vermutete.
„Frau Wäscher?"
Die Frau senkte das Blatt langsam, blickte über den Zeitungsrand und musterte Ingo aus trüben, klosteinfarbenen Augen

abschätzend. Sie mochte etwa 15 Jahre älter sein als er, hatte ungefähr Rüssels Gewichtsklasse, war aber mindestens einen Kopf kleiner. Ihre laute Reibeisenstimme flößte Ingo sofort Respekt ein.

„Nee, ich bin die Pummela Andersohn. Sieht man doch schon am orangschen Kittel!"

„Ja klar. Die von Blähwotsch." Ingo rang sich ein Lächeln ab. „Sie wollen mich ein wenig auf die Schippe nehmen, nicht wahr?"

„Hier unten sagen wir verarschen dazu. Natürlich bin ich die Wäscher. Jungchen, wenn du eine Bedienung mit Namensschild haben willst, musst du in die Bäckerei gehen."

Ingo war sofort klar, wen er da vor sich hatte. Den rustikalen Ruhrie mit großer Schnauze, vermutlich mit dem Herz am rechten Fleck und viel Dampf in der linken Faust. Aus Irmchen würde man keinen Ton herausbekommen. Es sei denn, man appellierte an ihr Mutterherz.

„Ich bin ein Freund von Jürgen."

„Jürgen? Welcher Jürgen? Jürgen von der Lippe? Jürgen Drews? Oder Jürgen…?"

„Jürgen Wäscher. Ihr Sohn."

„Ach, der *Jüüürgen*!", rief Irmchen, als könnte man den Namen „Jürgen" auf etwa zehn verschiedene Arten aussprechen. „Braucht er wieder Geld? Bei mir ist nix zu holen."

„Nein, darum geht es nicht. Jürgen hat mich beauftragt, den Tod seines Vaters aufzuklären. In bin Detektiv", verbreitete Ingo gewagte Halbwahrheiten.

Irmchen Wäscher blickte ihn skeptisch an und schüttelte dann den Kopf.

„Tote soll man ruhen lassen. Und diesen ganz besonders."

„Wissen Sie, ob Walter Wedelberg Feinde hatte?", ließ Ingo sich nicht beirren.
Irmchen nickte grimmig.
„Tausende. Der erste sitzt genau vor dir. Der alte Drecksack hat mich schließlich schon vor über 20 Jahren sitzen gelassen."
Ist wohl eher mehr als 30 Jahre her, dachte Ingo und nickte.
Irmchen nahm das schon gar nicht mehr wahr. Sie schaute an Ingo vorbei und versank in Erinnerungen an eine bessere Zeit.
„Früher war der Waller noch nicht der große Zeitungsmann, der ständig allen auf die Füße trat. Bei jungen Mädchen konnte er richtig charmant sein."
Irmchen legte den Kopf etwas nach hinten und strich sich durch das Haar, was fast schon ein wenig kokett wirkte. Vielleicht hatte sie die 60 doch noch nicht überschritten.
„Ganze 19 Jahre war ich alt, als wir den Jürgen angesetzt haben", fuhr Irmchen fort. „Fast zehn Jahre lang hat das mit mir, dem Waller und dem Jürgen ja auch ganz gut funktioniert."
Ihr fast träumerischer Blick löste sich abrupt von den rissigen Klokacheln, richtete sich auf Ingo und wurde wieder hart.
„Dann kam die Sache mit dieser *Karin*!"
Den Namen hatte Irmchen mehr gezischt als gesprochen.
„Der Waller war damals fast 40, aber mit knapp 29 war ich ihm schon zu alt. Kein Wunder, wenn ein junges Miststück von gerade 18 Jahren dem alten Knacker schöne Augen macht."
Ingo fand, dass das Gespräch nun ein wenig abglitt und hob beschwichtigend die Hand, aber Irmchen war richtig in Fahrt.
„Die Kleine war damals längst verlobt mit diesem netten Medizinstudenten, aber das scherte den Waller einen Dreck. Lustig hat er sich über ihn gemacht. Den „Kümmerling" hat er ihn immer genannt."

Ingo horchte auf. Karin? Medizinstudent? Kümmerling?
„Hieß der Student vielleicht Kemmerling?", fragte er, plötzlich deutlich interessierter.
Irmchen überlegte kurz.
„Ja. Das war wohl sein richtiger Name. Wenn du Feinde von Walter Wedelberg suchst, hast du gerade einen gefunden. Der Kümmer…, äh, Kemmerling hat ihn gehasst. Als der Waller nach ein paar Monaten auch von dieser Karin genug hatte, hat der Junge sie zurückbekommen. Aber da war sie wohl schon völlig verkorkst. Jürgen hat mir irgendwann erzählt, dass die Ehe die Hölle gewesen sein soll."
Ingo nickte nachdenklich. Irmchens letzter Hinweis hatte den letzten Zweifel beseitigt.
Demnach war ihr alter Schulkamerad und Leibmediziner Kemmerling in jungen Jahren vermutlich schwer mit Wedelberg aneinander geraten. Er hatte - zumindest bis zu seiner Scheidung von Karin - noch viele Jahre unter den Folgen dieser Begegnung zu leiden gehabt.
Konnte das nicht ein gutes Tatmotiv abgeben?
„Zu mir ist der Waller danach natürlich auch nicht mehr zurückgekommen", fuhr Irmchen fort und lachte verächtlich. Ihr Gesichtsausdruck verriet eine Mischung aus Gehässigkeit und Vertraulichkeit, als sie näher an Ingo heranrückte und fast flüsternd weitersprach.
„War am Ende sowieso kein großer Verlust, der Schlappschwanz. Ohne die spanische Fliege lief da kaum noch etwas. Hehehe."
Ingo kam aus dem Staunen gar nicht mehr heraus. Walter Wedelberg, erklärte Chauvi-Sau, unermüdlicher Frauenabräumer und Sexprotz, war schon mit 40 auf Hilfsmittel angewiesen?

Ingo beschloss, das Thema zu wechseln, bevor ihm Irmchen mit weiteren Details endgültig den Appetit verderben konnte.

„Aber er hat Sie und den Jürgen doch immerhin finanziell unterstützt, oder?"

Irmchen prustete verächtlich.

„Nur das Allernötigste, Jungchen, nur das Allernötigste. Als Luxuszugabe gab es einmal pro Jahr eine Woche El Arenal."

Und für den Rest des Jahres El Urinal, dachte Ingo und schaute sich in dem trostlosen Pissoir um. Wedelberg war wirklich ein echter Menschenfreund gewesen.

Irmchen bemerkte seinen abwesenden Blick.

„Sonst noch Fragen?"

„Nein. Danke, Frau Wäscher. Sie haben mir sehr geholfen."

Ingo griff in seine Tasche, förderte einen Fünf-Euro-Schein zu Tage, legte ihn aufs Tellerchen und stand auf.

Irmchen starrte auf den Fünfer. Ihre Miene verfinsterte sich. Die plumpe Vertrautheit von eben war wie weggeblasen. Sie stand auf und versperrte Ingo den Weg zum Ausgang.

Der war leicht irritiert.

„Ist noch was?"

„Das Tellerchen steht hier nicht für Almosen, sondern für die Klobenutzung, Jungchen!"

Irmchen blickte ihn kühl an und deutete mit dem Kopf auf den Durchgang zu den Toiletten.

Ingo verstand. Irmchen Wäscher war beleidigt, und sie war hier die Königin der Klosteine, die Patin der Pissbecken, das Biest mit der Bürste. Jeder Widerstand zwecklos. Ingo machte sich auf den Weg in den Nebenraum.

„Nimm den Pisspott ganz links, die anderen habe ich gerade sauber gemacht", rief Irmchen ihm unfreundlich hinterher.

Gehorsam stellte Ingo sich vor das Becken mit der niedrigsten Stehhöhe und war heilfroh, dass die automatische Spülung genau in diesem Moment einsetzte. Er hätte kein Tröpfchen herausbekommen. Ganz sicher würde Irmchen nebenan genau mithören.

Ingo wartete einige Sekunden, schloss den Reißverschluss und machte sich auf den Weg nach draußen. Irmchen stand ihm immer noch im Weg.

„Was denn noch?", fragte Ingo, hart an der Grenze zur Verzweiflung.

„Händewaschen ist im Preis mit drin."

Ingo nickte ergeben, stellte sich an das Waschbecken und kam dem allgemeinen Waschzwang nach. Hoffentlich kontrolliert die jetzt nicht noch die Fingernägel, dachte er, als er sich vorsichtig am Tisch im Flur vorbeischob. Irmchen war aber längst wieder in ihre Zeitung vertieft.

„Na dann: Tschüss", rief Ingo erleichtert.

Irmchen blickte von ihrer Zeitung auf und nickte ihm ernst zu.

In ihren Augen las Ingo zwei Worte: Verpiss dich.

12.

Der Pommes-Pate von Freisenhorst hatte in den frühen 1960er Jahren seine erste Frittenbude aufgemacht und dort alles angeboten, was Ernährungswissenschaftler und Jugendschützer zur Verzweiflung treiben konnte. Bruno Jakowiak verkaufte Pommes mit und ohne Mayo, Schweineschnitzel mit und ohne Schwein, Limo mit und ohne Schnaps und - als besonderer Clou in einer Imbissstube - auch Druckerzeugnisse mit und ohne Jugendfreigabe.

Das damals innovative Angebot auf und unter der Ladentheke machte „Jakowiaks Jause" zu einem beliebten Treffpunkt und bescherte dem Pommes-Paten einen stattlichen Umsatz. Bereits Anfang der 70er herrschte Bruno Jakowiak über ein Fettstäbchen-Imperium mit einem Dutzend Verkaufsstellen und galt als ausgesprochen wohlhabend.

Später machte er dann vor allem als Sponsor für alle möglichen Aktivitäten am Ort, als aktives Mitglied der „KG In Vino Veritas e. V." und als unermüdlicher Busengrabscher von sich reden. Bruno hatte keine gebrochenen Herzen, aber jede Menge gebrochene Versprechen hinterlassen. Seine zwei gescheiterten Ehen waren kinderlos geblieben. Als einigermaßen trauernde Angehörige verblieben so nur zwei Ex-Frauen und zwei Halbschwestern, die sich bereits um die Erbfolge für das nicht unerhebliche Vermögen stritten.

Zu Lebzeiten war Bruno Jakowiak mit allen Fetten frittiert gewesen. Jetzt war er tot, damit wehrlos und musste möglichst bald unter die Erde. Genau das schien aber das Problem zu sein. „Unser lieber Vereinskamerad hatte einen letzten Wunsch, der vielleicht nicht ganz einfach zu erfüllen sein wird", begann

Hans Kissenkötter, nachdem er auf einem der Besucherstühle im Büro der Happy End AG Platz genommen hatte.
Der Präsident der „KG In Vino Veritas" war am Morgen nach einer kurzen telefonischen Vorankündigung im Beerdigungsinstitut aufgetaucht. In Begleitung eines gewissen Herrn Jonas, über dessen Funktion sich Gödde zunächst nicht ganz im Klaren war.
„Bruno wollte noch einmal bei unserem großen Karnevalszug am Rosenmontag dabei sein. Auf dem Motivwagen des Elferrates."
Sonderwünsche dieser Art konnten die Happy End AG eigentlich nicht mehr aus der Fassung bringen. In diesem Fall waren aber trotzdem noch Nachfragen angebracht.
„Das wäre dann etwa Anfang Februar", warf Gödde ein. „Ich möchte kein Spielverderber sein, aber der Mann ist dann schon seit fast drei Monaten tot."
„Wir sind auch nicht davon ausgegangen, dass Sie ihn wieder zum Leben erwecken", meldete sich Herr Jonas zu Wort. Er trug einen altmodischen Schnurrbart, wirkte ungeduldig und arrogant. „Es würde völlig genügen, wenn Herr Jakowiak in…sagen wir…komprimierter Form am Karnevalszug teilnimmt."
Gödde nickte. Also eine Einäscherung mit nachfolgender Spazierfahrt für die Urne.
„Das eigentliche Problem ist", erklärte Kissenkötter zögernd, „dass Bruno ja in einigen Tagen schon beerdigt werden soll. Seine Familie besteht auf einer Erdbestattung mit vorherigem Abschied am offenen Sarg."
Gödde wirkte wie ein Reality-TV-Darsteller beim Intelligenztest. Nach einer Weile fand er seine Sprache wieder.
„Mit anderen Worten: Wir arrangieren zuerst die feierliche Be-

stattung mit Familie und Verein, graben Bruno später wieder aus, lassen ihn einäschern und liefern ihn dann in einer Urne bei Ihnen ab. Richtig?", fasste er zusammen.

„Wieder ausgraben? Vielleicht finden Sie ja noch eine…sagen wir…elegantere Lösung", näselte Herr Jonas, sichtlich angewidert. „Die Happy End AG ist uns deshalb empfohlen worden, weil sie…sagen wir… für unkonventionelle Problemlösungen bekannt ist."

„Müssen die…*sagen wir*…sterblichen Überreste von Herr Jakowiak denn unbedingt selbst beim Umzug dabei sein? Würde ein schönes Foto nicht auch reichen?" erkundigte sich Gödde mit einem leicht ironischen Unterton. Den vornehmen Herrn Jonas hatte er vom ersten Moment an gefressen.

„Keineswegs. Ich vertrete eine Einrichtung, die sich für die strikte Durchführung des letzten Willens seiner verstorbenen Mitglieder einsetzt. Wir nehmen diese Aufgabe sehr ernst!"
Jonas griff in seine Brusttasche, zog eine Visitenkarte heraus und legte sie auf den Schreibtisch.

„Last Order" stand darauf, darunter der Claim „Verein für ein selbstbestimmtes und würdiges Ableben", darunter eine Adresse im Essener Süden.

„Herr Jakowiak ist…oder sagen wir…war seit vielen Jahren Mitglied und hat bei uns bereits im vergangenen Sommer eine entsprechende Verfügung hinterlegt."
Jonas zog ein Schreiben aus der Jackentasche und legte es auf den Schreibtisch. Es trug Brunos Unterschrift, wie Präsident Kissenkötter durch ein Nicken bestätigte.

„Wenn Ihnen diese Aufgabe allerdings zu schwierig erscheint, wenden wir uns gerne an ein anderes Unternehmen."
Der vornehme Herr Jonas wurde Gödde immer unsympathi-

scher. Von dem Verein „Last Order" hatte er noch nie etwas gehört. Andererseits brauchten sie das Geld. Ganz wohl war ihm bei diesem „letzten Wunsch" natürlich nicht.

„Wenn man davon absieht, dass der Gesetzgeber für diese Form der Doppelbestattung…*sagen wir*…vermutlich verschiedene Paragraphen vorgesehen hat, wäre da noch die leidige Kostenfrage", warf Gödde ein. „Wir werden wahrscheinlich Hilfe brauchen, und einen gewissen Risikozuschlag halte ich auch für angemessen."

„In bin von meiner Einrichtung dazu autorisiert, Ihnen für die Lösung dieses Problems…sagen wir…einen Betrag von 5000 Euro extra zur Verfügung zu stellen", beruhigte Herr Jonas.

„Das Ganze sollte also kein Problem sein."

„Sagen *Sie!*"

„Sagen wir."

13.

„Er war der beste Hoppeditz,
war immer gut für einen Witz.
Wer hätte jemals es gedacht,
dass Hoppeditz nicht mehr aufwacht."

Pfarrer Schmitz hatte sich erwartungsgemäß geweigert, in der Friedhofskapelle in die Bütt zu steigen. So war die Rede zur närrischsten Trauerfeier aller Zeiten an Hans Kissenkötter hängengeblieben.
Der Präsident stand im vollen Ornat am Rednerpult neben dem Sarg und zwischen einem guten Dutzend Blumengestecken, die teils von Luftschlangen umrandet, teils mit Konfetti garniert worden waren.
Auch alle anderen Vereinsmitglieder und natürlich die Tanzgarde hatten sich jeck in Schale geworfen. Nur die schwarzen Armbinden verrieten, dass heute keine Prunksitzung auf dem Programm stand.
Bruno Jakowiak lag in seiner Elferrats-Uniform aufgebahrt in einem Sarg aus hellem Eichenholz. Er trug seine Narrenkappe und hatte noch mehr Orden auf der Brust als bei seinem letzten Auftritt auf dem Marktplatz.
Nach einer kurzen Pause fuhr Kissenkötter fort.

„Dank Bruno konnten wir auch prahlen,
die Kasse schrieb stets schwarze Zahlen!
Wir durften immer auf ihn zählen.
Der Bruno wird nun allen fehlen."

Die Kapelle war bis auf den letzten Platz besetzt. Gödde stand in der hintersten Reihe und litt mit den anderen Trauergästen. Immerhin hatte er Kissenkötter so gerade noch davon abhalten können, auch den Spielmannszug des Vereins in die Friedhofskapelle einzuschleusen, damit er Jakowiaks Lieblings-Karnevalslieder zum Besten geben konnte.
Für den musikalischen Teil sorgte stattdessen Erwin Rückkoppler, der sich an diesem Tag geradezu als Idealbesetzung erwies. Die beliebtesten Stimmungshits wurden in der Interpretation auf Erwins Quetschkommode automatisch zum traurigen Klagelied. Kissenkötter kam zur letzten Strophe.

„Wir rufen mit dem ganzen Saal,
Helau, Alaaf, zum letzten Mal.
Der Bruno weilt da oben schon,
in einer himmlischen Session."

Kissenkötter nickte Erwin zu, der sofort in die Tasten griff und so etwas Ähnliches anstimmte wie das Aschermittwoch-Lied. Währenddessen betraten vier Sargträger in schlecht sitzender Trauerkleidung die Kapelle. Sie bauten sich rechts und links von Bruno auf, legten vorsichtig den Deckel auf den Sarg und verschlossen den Behälter mit Hilfe der angebrachten Schrauben.
Dann trug das Quartett den Sarg des Pommes-Paten feierlich durch den Mittelgang zum Ausgang der Kapelle. Dort stand einer dieser praktischen Rollwagen bereit, der aus einem Sargträger genau genommen einen Sargschieber macht.
Die Karre setzte sich in Bewegung, gefolgt von der Trauergemeinde, die sich nach und nach hinter Brunos Sarg einreihte.

Zunächst Familie Jakowiak, dann kamen Präsident Kissenkötter nebst Gemahlin und dann folgte ein Paar, das niemand eindeutig in die Kategorie „Familie" oder „Verein" einordnen konnte.
Der Mann war etwa 70, trug einen glatt gebügelten schwarzen Anzug und als Kontrast ein faltenreiches, blasses Gesicht, das den Schmerz eines großen Verlustes widerzuspiegeln schien. Neben ihm ging eine deutlich jüngere Frau in Schwarz, deren viel zu kurzer Rock vor allem dem weiblichen Teil der nachfolgenden Trauergemeinde etwas unpassend erschien.
Nach etwa 100 Metern machte der Friedhofsweg einen 90-Grad-Knick nach links. Die Sargschieber beschleunigten das Tempo etwas, damit das schwerfällige Gefährt nicht an der leichten Steigung in der Kurve scheiterte.
Genau in dem Moment, als die Sargkarre für die nachfolgende Trauergemeinde kurzzeitig außer Sicht war, passierte es. Der alte Mann blieb stehen, stöhnte und griff sich an den Hals. Er schien unter Atemnot zu leiden.
„Oh nein, nicht schon wieder!", rief seine Begleiterin entsetzt und begann, am Kragen des Mannes zu zerren.
„Mein Vater muss unbedingt seine Tabletten nehmen. Wir brauchen etwas Wasser!"
Die ratlose Trauergesellschaft war erst stehengeblieben und geriet nun in helle Aufregung, ohne dass jemand etwas Sinnvolles unternommen hätte. Nur Präsident Kissenkötter behielt die Nerven. Er lief zum nächsten Wasserhahn und kam mit einer halb gefüllten Gießkanne zurück.
Den kollabierenden Senior hatte man mittlerweile mit vereinter Kraft zu einer der Sitzbänke am Wegrand geschafft, wo ihm seine Tochter vorsichtig die Tabletten einflößte und mit etwas Wasser aus Kissenkötters Gießkanne nachspülte.

Die Medizin schien ihre Wirkung zu tun, denn die Atmung des Seniors normalisierte sich schnell. Er nickte seiner Tochter zu, die sich dann an die Umstehenden wandte.
„Vielen Dank für Ihre Hilfe. Es ist alles in Ordnung."
Der Trauerzug formierte sich wieder und schloss sich der Sargkarre an, die während des Vorfalls hinter der Wegbiegung gewartet hatte. Der Rest der Zeremonie verlief ohne weitere Unterbrechungen.
Rund eine Stunde später war alles vorbei. Die meisten Trauergäste hatten sich eilig von Pfarrer Schmitz verabschiedet und auf den Weg zum Ausgang des Friedhofs gemacht, weil sie Brunos letzte Runde in einer nahegelegenen Gaststätte nicht verpassen wollten.
Am blumengeschmückten Grab verharrte nur noch eine kleine Gruppe: Gödde, Präsident Kissenkötter und die vier Sargträger. Sie säumten andächtig den Grabesrand und hatten eine geradezu verblüffende Ähnlichkeit mit Ingo, Rüssel und ihren Saufkumpanen Piwi und Werner aus dem „Tropf".
Alle wollten noch einmal Abschied nehmen. Abschied von Gottfrieds Vorrat an tiefgefrorenen Frikadellen, der nun an Brunos Stelle in etwa zwei Meter Tiefe im Sarg ruhte.
„Es ist besser so", murmelte Gödde ergriffen. Er wusste, dass das Verzehrdatum seit mehr als einem Monat abgelaufen war.

14.

Gegen 15 Uhr war Bruno schon auf dem Weg in das benachbarte Ausland. Sicher verwahrt in dem Originalsarg, den sie während der kurzen Zwangspause beim Trauermarsch gegen das Ersatzexemplar mit der Hackfleischfüllung ausgetauscht hatten. Etwa zwei Stunden später befand sich der verstorbene Pommes-Pate von Freisenhorst dann wieder auf dem Rückweg von Holland in die Heimat, diesmal allerdings in deutlich kompakterer Form.
Rüssel hatte die unauffällige Urne, die er am frühen Abend auftragsgemäß im Vereinsheim der Karnevalsgesellschaft ablieferte, sicherheitshalber mit der Aufschrift „Achtung, kein Wurfmaterial!" markiert. Er wollte sicher gehen, dass Bruno seinen letzten Karnevalszug am Rosenmontag auch wirklich vom Prunkwagen aus beobachten konnte.
Die Trauergesellschaft feierte Raue bei einem gutbürgerlichen Menü im Restaurant „Zum Essener Eck". Das Personal zog einen Abend in weniger gezwungener Atmosphäre im „Tropf" vor.
Gegen 20 Uhr versammelten sich die Beerdigungsteilnehmer in Gottfrieds Kneipe: Gödde, die Sargträger Rüssel und Ingo sowie ihre Aushilfen Piwi und Werner, die sich ihr Honorar für den Friedhofseinsatz ohne Umschweife hinter die Binde gossen. Hinzu kam ein älterer Herr mit einer ungesunden Gesichtsfarbe.
„Sie waren bühnenreif, Strawinski!", begrüßte Gödde den kurzatmigen Senior vom Friedhof, der immer noch seinen schwarzen Anzug trug.
„Vielen Dank. Was tut man nicht alles für die Firma."
Strawinski nickte mit einem etwas gequälten Lächeln in die

Runde. Der ständig leichenblasse Bestattungsberater der Happy End AG wirkte angestrengt. Das kleine Ablenkungsmanöver auf dem Friedhof hatte nicht nur sein ganzes schauspielerisches Talent gefordert, sondern auch alle Grundsätze der Berufsethik strapaziert und sicher so manchen Absatz des Strafgesetzbuches berührt. So genau wollte Strawinski das eigentlich gar nicht wissen. Ein Sarg für ein kurzes Nickerchen wäre jetzt nicht schlecht.
„Du warst natürlich auch spitze, Lore!"
Gödde, Ingo und Rüssel spendeten Strawinskis vermeintlicher Tochter einen kurzen, aber heftigen Applaus. Lore lächelte bescheiden und etwas verlegen.
„Kein Problem, war ja schließlich so etwas wie ein Heimspiel", meinte sie, als sie den Umschlag mit ihrem Honorar in der Tasche verschwinden ließ.
Wie vereinbart hatte Herr Jonas der Happy End AG noch an selben Abend einen Scheck über die Beerdigungskosten und die Risikozulage ausgehändigt. Immerhin: Die „Last Order" ließ sich nicht lumpen, so unsympathisch ihr Repräsentant auch war.

„Was machen denn unsere Ermittlungen im Fall Wedelberg?", fragte Gödde, als sie später in trauter Dreierrunde an ihrem Stammtisch saßen. Inspektor Ingo hatte bisher noch keine Gelegenheit gehabt, von seinen Ermittlungen in der Unterwelt des Bahnhofs zu berichten.
„Irmchen Wäscher können wir getrost zum Kreis der Verdächtigen rechnen. Was nicht viel heißen will, denn das gilt ja für die halbe Stadt", berichtete Ingo. „Für Kemmerling übrigens auch."
Gödde und Rüssel horchten auf.
„Wieso Kemmerling?"

„Uralte Geschichte aus der Studentenzeit. Wedelberg ist ihm offensichtlich in der Balzphase bei Karin schwer in die Quere gekommen. Fast wäre sie ihm endgültig von der Fahne gegangen."

„Wenn Wedelberg damals ganze Arbeit geleistet hätte, wäre Kemmerling viel erspart geblieben", mutmaßte Gödde.

Es war kein Geheimnis, dass der starke Leistungsdruck dem angehenden Mediziner später einen noch stärkeren Leidensdruck beschert hatte. Karin galt allgemein als Besen. Die Nachricht von der Scheidung war allerseits mit Erleichterung zur Kenntnis genommen worden.

„Kann sein, aber damals war wohl noch echte Liebe im Spiel", erklärte Ingo. „Karin hat sich vermutlich erst zum Drachen entwickelt, nachdem Wedelberg mit ihr fertig war."

„Kemmerling unter Tatverdacht?" Rüssel schüttelte energisch den Kopf. „Lachhaft. Wedelberg hatte schließlich noch eine ganze Latte von anderen Feinden."

„Da wir gerade von Latte sprechen: Mit Wedelbergs Standfestigkeit war das wohl schon länger nicht mehr so weit her."

Rüssel grinste schadenfroh.

„Sag bloß, unser Stadtcasanova war auf Amors Aufputschmittel angewiesen?"

Ingo lehnte sich zurück und setzte seine pietätvollste Unschuldsmiene auf.

„Man soll einem Toten nichts Schlechtes nachsagen. Außerdem tut das für die Ermittlungen nichts zur Sache."

Wie man sich doch irren kann.

15.

Sie war höchstens 25 Jahre alt, hatte lange blonde Haare, trug schwarze Jeans und eine enges rotes Top unter ihrem geöffneten Steppmantel. Und sie suchte Blickkontakt, das konnte Kleinelt sogar aus dem Augenwinkel klar erkennen.
Langsam und betont gleichgültig drehte der Kommissar den Kopf nach rechts. Tatsächlich, die Kleine an der Bushaltestelle neben der roten Ampel, vor der ihr Wagen nun seit einigen Sekunden stand, lächelte ihm zu.
„Cool bleiben", gab Kleinelt sich selbst eine Dienstanweisung. Mit einem Augenaufschlag der Marke Beugehaft zog er langsam die Mundwinkel nach oben und überlegte, ob er nicht wie zufällig seine Karte aus dem Fenster fallen lassen konnte.
Er drehte den Kopf nach links und blickte suchend auf die Mittelkonsole, die über ein Extrafach für Visitenkarten verfügte. Und bemerkte, dass Kollege Zimmerhaus das Ganze mit einem etwas angewiderten Gesichtsausdruck beobachtet hatte.
„Entzückend", grinste Kleinelt seinen Kollegen an und deutete mit dem Kopf in Richtung Haltestelle.
„Entzückend", brummte Zimmerhaus verächtlich und gab Gas, denn die Ampel zeigte mittlerweile Grün.
„Vergiss es!"
Kleinelts Lächeln fiel in sich zusammen.
„Spielverderber", maulte er und lehnte sich beleidigt zurück.
Zimmerhaus blickte in Fahrtrichtung, verdrehte die Augen und schüttelte den Kopf. Kollege Kleinelt war so ziemlich der Letzte, der dieser Stadt im morgendlichen Berufsverkehr ein Lächeln entlockte. Geschweige denn eine hübsche 25-jährige zu einem Kurzflirt an der Bushaltestelle verleiten konnte.

Kleinelt war nicht groß, Mitte 40, mit Stirnglatze und einem dünnen Resthaarbestand über beiden Ohren, die etwas abstanden.

Damals bei den „Weißen Mäusen" hatten ihm Helm, Uniform und natürlich die BMW der Motorradstaffel noch einen Hauch von Ausstrahlungskraft verliehen. Nach seiner Versetzung zur Mordkommission trug Kleinelt nur noch Zivil aus seinem privaten Kleiderschrank und war damit von der weißen endgültig zur grauen Maus mutiert.

Was in Kollegenkreisen über ihn gesprochen wurde, hörte sich auch nicht gerade schmeichelhaft an: Kleinelt war der „bestangezogenste Beamte des Jahres 1965" und gab beim Auftritt als Duo „Good Cop – Bad Cop" bestenfalls den Blödkopp.

All das störte Zimmerhaus nur wenig. Kleinelt war ein guter Kollege, ein Kumpel und zuverlässig, wenn es darauf ankam, in dieser Stadt für Ruhe, Ordnung und Gerechtigkeit zu sorgen.

Und diese Stadt lächelte nicht, sie grinste bestenfalls hämisch. So wie die Kleine an der Haltestelle. Ihr leicht verzückter Blick galt natürlich nicht Kleinelt, sondern einzig und allein dem entwürdigenden Lackschaden an der Beifahrertür ihres Dienstwagens.

Die Kollegen von der Instandsetzung ließen sich absichtlich Zeit mit der Reparatur, denn der eingeritzte Kreis mit dem Kreuz darunter sorgte bei ihnen für ebenso große Erheiterung wie bei der jungen Frau an der Haltestelle.

Zimmerhaus ärgerte sich, wäre am liebsten zurückgefahren und hätte die Frau nach Strich und Faden verhört. Nach seinen Erfahrungen war hier jeder Zweite verdächtig wegen irgendetwas. Im Fall Wedelberg traf diese Schätzung wahrscheinlich sogar zu. Die halbe Stadt hatte ein Motiv.

Glücklicherweise gab es einen, der noch verdächtiger war als alle anderen. Und der hieß Dr. Kemmerling.

Nachdem die Ermittlungen der „SOKO Chauvi" bei verschiedenen Frauenverbänden nicht nur sehr unangenehm, sondern auch sehr ergebnislos verlaufen waren, hatten sich die Beamten Wedelbergs Verwandte und Verflossene vorgenommen. Sie waren dabei automatisch auf dem Bahnhofsklo gelandet.

Bei der alten Geschichte vom Eifersuchtsdrama zwischen Wedelberg und Kemmerling, mit der Irmchen Wäscher schon den guten Ingo beeindruckt hatte, mussten die Kriminalisten einfach aufhorchen.

Kemmerling hatte damit ein Motiv, um die „Chauvi-Sau" Wedelberg mittels einer gezielten Injektion ins Jenseits zu befördern. Da er als Mediziner zudem über die erforderlichen Mittel und Fähigkeiten verfügte, hatten Zimmerhaus und Kleinelt ihn erfreut in den engeren Kreis der Verdächtigen aufgenommen.

Dann war Kemmerlings Name auch noch im Zusammenhang mit dem Tod von Bruno Jakowiak aufgetaucht. Als *zufällig* anwesender Arzt hatte er die Leiche des Pommes-Paten als Erster untersucht und als Todesursache eine Überdosis Insulin nebst der passenden Injektion festgestellt.

Das führte Zimmerhaus und Kleinelt direkt zu Jakowiaks Hausarzt, vor dessen Praxis der Oberkommissar nun seinen zerkratzten Dienstwagen einparkte.

Dr. Bredenei galt als renommierter Schönheitschirurg. Er betreute darüber hinaus auch diejenigen, die sich mit einem sporadischen Fettabsaugen und einem gelegentlichen Blutbild in den Farben der Saison begnügen mussten.

Bredenei hatte heute keine Sprechstunde, weil dieser Wochentag grundsätzlich für die anfallenden Operationen reserviert war. Für den Besuch der „SOKO Chauvi" musste er sich wohl oder übel Zeit nehmen.

Zimmerhaus und Kleinelt nahmen den Aufzug des eleganten Ärztehauses und fuhren in den ersten Stock. Der Empfangsraum von Dr. Bredeneis Praxis war genau so, wie man sich die Arbeitsfläche eines erfolgreichen Prominentenarztes vorstellt: Ganz in Weiß, weitläufig und mit vielen weichen Rundungen, die vom Designermobiliar fast nahtlos in das weibliche Personal übergingen.

Die junge Arzthelferin hinter der Empfangstheke war eine Schönheit, an der der Doktor vermutlich bereits selbst Hand angelegt hatte. Unter Berücksichtigung eines gewissen Personalrabatts, versteht sich.

„Ja, bitte?", begrüßte sie die beiden Beamten kühl und musterte ihre ebenso unmodische wie zerknitterte Kleidung abschätzend.

„Wir haben einen Termin bei Dr. Bredenei", antwortete Zimmerhaus wahrheitsgemäß.

„Ihre Versichertenkarte bitte!"

Kleinelt hielt ihr die Polizeimarke unter die Nase.

„Aber nicht ins Lesegerät stecken", mahnte er grinsend.

Die Schönheit ignorierte das völlig, drückte auf den Knopf der Sprechanlage und kündigte den lieben Besuch an.

„Die Herren von der Polizei wären jetzt da, Herr Doktor."

„Bitten Sie die Beamten herein."

Dr. Bredenei begrüßte sie höflich, aber nicht gerade herzlich. Man sah ihm an, dass er einen Teil seines OP-Tages nur sehr widerwillig für einen Plausch mit der Polizei opferte. Einen guten Schnitt würde er heute jedenfalls nicht mehr machen können.

„Bitte, nehmen Sie doch *kurz* Platz." Dr. Bredenei wies auf die beiden Besucherstühle vor seinem Schreibtisch.

„Was kann ich für Sie tun? Wie ich höre, geht es um den Tod von Bruno Jakowiak."

„Ja, genau", antwortete Kleinelt, zog seinen Notizblock hervor und stellte die Frage, die er in den letzten Tagen mindestens 20 Zeugen gestellt hatte.

„Wissen Sie, ob Herr Jakowiak Feinde hatte?"

Zimmerhaus fasste sich an den Kopf, verdrehte die Augen und blickte zur Decke.

Dr. Bredenei schaute Kleinelt verwundert an.

„Ich dachte eigentlich, es ginge hier um medizinische…"

„Bitte beantworten Sie nur die Frage und nennen uns Namen", wies Kleinelt ihn zurecht.

„Ludwig Leberwert, Adi Positas und Theo Triglyceridis", antwortete Dr. Bredenei und schaute Kleinelt spöttisch in die Argusaugen. Der fluchte innerlich. Immer diese ausländischen Namen.

„Wie schreibt man Triglü…"

Zimmerhaus klopfte ihm dreimal kurz auf die Schulter, was in der praxiserprobten Geheimgestik des Ermittlungsteams so viel bedeutete wie „Halts Maul". Kleinelt verstummte abrupt.

„Wir haben Grund zu der Annahme, dass hier ein Verbrechen vorliegt", nahm Zimmerhaus den Faden an der richtigen Stelle auf. „Uns interessiert vor allem der Gesundheitszustand von Herrn Jakowiak."

„Was ich Ihnen verraten kann, ist ohnehin kein großes Geheimnis", sagte Bredenei und nahm einen Aktenordner aus der Ablage. „Herr Jakowiak war übergewichtig und hatte unter den Begleiterscheinungen einer unausgewogenen Ernährung zu leiden. Auch seine Diabetes dürfte dadurch verursacht worden sein."

„Kommt es öfter vor, dass Diabetes-Patienten sich versehentlich so viel Insulin verabreichen, dass gesundheitliche Schäden oder sogar der Tod die Folge sind?", hakte Zimmerhaus nach.

„Das kommt so gut wie gar nicht vor, denn die Patienten werden natürlich bestens auf die Therapie vorbereitet. Bei Bruno Jakowiak würde ich das sowieso ausschließen. Er litt unter Diabetes Typ 2."

„Heißt was?", fragte Zimmerhaus.

„Das bedeutet, dass eine Insulintherapie bei dieser Form der Erkrankung nicht unbedingt verordnet werden muss. Bei Herrn Jakowiak war genau das Fall."

Zimmerhaus und Kleinelt horchten auf.

„Das heißt, dass Bruno Jakowiak gar keine Injektionen brauchte und auf Insulin auch keinen Zugriff hatte?", folgerte Kleinelt messerscharf.

„Genau", bestätigte Bredenei.

„Und wenn ein Arzt am Tat- oder Unfallort nun anhand der erkennbaren Symptome und einer Einstichstelle feststellt, dass eine Überdosis Insulin zum Tod geführt hat?", fragte Zimmerhaus.

Dr. Bredenei ließ sich etwas Zeit mit der Antwort.

„Dann ist das zumindest sehr voreilig und nachlässig. Oder er versteht zu wenig von seinem Beruf. Oder…"

Bredenei zögerte.

„Oder was?"

„Nichts, gar nichts."

Zimmerhaus und Kleinelt schauten sich vielsagend an. Damit rückte Kemmerling auf der Wunschliste der Ermittler endgültig auf den ersten Platz.

16.

Es gibt ungefähr ein Dutzend Techniken, um Schokostreusel auf Toast mit Würde zu essen. Rüssel beherrschte keine davon. Ein weitblickendes Unternehmen aus dem benachbarten Ausland hatte die kakaohaltigen Krümel bereits in den 1930er Jahren erfunden und die kontinentale Frühstückskultur damit in eine tiefgehende Sinnkrise gestürzt.
Der Legende nach soll die niederländische Bezeichnung „Hagelslag" (Hagelschlag) aber erst 1988 aufgekommen sein, nachdem zwei verdeckte Ermittler des Gesundheitsamtes Lemmer (Ijsselmeer) einen deutschen Touristen (Ruhrgebiet) beim Frühstück beobachtet hatten.
Ein Polizeibeamter in Schutzkleidung eskortierte Rüssel damals aus dem Café und zeigte ihm dann - höflich, aber bestimmt - den Weg zur Grenze. Was keineswegs dazu führte, dass Rüssel seine Frühstücksgewohnheiten im deutschen Streusel-Exil ernsthaft überdachte und irgendeine Rücksicht auf seine Tischnachbarn übte. So auch an diesem Morgen.
Rüssel ließ den bröseligen Brotbelag aus der Großpackung solange auf den Toast rieseln, bis das Gebilde ungefähr die Form der Cheops-Pyramide angenommen hatte. Spätestens beim zweiten Biss in die Toastscheibe kam der Streuselberg dann unweigerlich ins Rutschen, landete teils auf Tisch, teils auf Boden und blieb teils auch auf oder in Rüssels Nase kleben.
Im schlimmsten Fall konnte das zu einem urknallgleichen Niesanfall führen, bei dem der Streusel gleich einem Meteoritenregen im Miniaturformat auf den Frühstückstisch niederprasselte. So auch an diesem Morgen.
Ingos gut trainiertes Reaktionsvermögen verhinderte zunächst

den Supergau. In Erwartung des Bröselbombardements war er blitzartig unter den Tisch abgetaucht und blieb so von den mäusekodähnlichen Verzierungen auf Haut und Hemd verschont. An seinem Käsebrötchen, dem Teller mit dem Rührei und dem frischgebrühten Kaffee war Rüssels Hagelslagattacke allerdings nicht spurlos vorbeigegangen.

Ingo tauchte langsam wieder auf. In seinen Augen stand die reine Mordlust.

„Tschuldigung", nuschelte Rüssel, wobei sich die letzten Streuselfragmente aus seinen Mundwinkeln lösten und Ingos Gesichtspartie doch noch etwas abbekam.

Gödde hatte sich dem allmorgendlichen Schauspiel unter dem Vorwand, die Post holen zu wollen, entzogen. Er stand vor dem Briefkasten im Erdgeschoß und entnahm Ingos lautstarken Flüchen, dass die größte Gefahr nun vorbei war.

Er klemmte sich die Zeitung unter den Arm und begann schon auf dem Weg nach oben mit dem Aussortieren der Post. Werbung, nochmals Werbung und ein Brief mit den aktuellen Kontoauszügen von der Bank.

Gödde betrat das kombinierte Wohn, Ess- und Konferenzzimmer der WG, öffnete dabei den Briefumschlag und nickte zufrieden. Das plötzliche und unerwartete Ableben von Walter Wedelberg hatte das Minus auf dem Geschäftskonto ebenso plötzlich und unerwartet in ein ansehnliches Plus verwandelt. Und der Scheck für die Beerdigung von Bruno Jakowiak war noch nicht einmal eingelöst.

„Wir sind reich", verkündete Gödde und hielt Ingo die Kontoauszüge unter die Nase. Dieser unterbrach die Planung für Rüssels Hinrichtung für einen Moment, um einen Blick auf die Zahlen zu werfen. Seine Gesichtszüge entspannten sich soweit,

dass auch die letzten Schokostreusel aus den sich straffenden Zornesfalten fielen.
Gödde entfernte die Krümel aus seiner noch unbenutzten Tasse, goss sich einen Kaffee ein und nahm die Zeitung zur Hand. Die Headline auf der Titelseite fand sein spontanes Interesse.
Gödde las laut vor.

„Heiße Spur im Fall Wedelberg
Weiten sich die Todesfälle zur Mordserie aus?"

Gödde blickte in die Runde, registrierte die ungeteilte Aufmerksamkeit seiner Mitbewohner und fuhr fort.

„Bei den Ermittlungen zum Mord an dem bekannten Journalisten Walter Wedelberg scheint es neue Erkenntnisse zu geben. Auf Anfrage dieser Zeitung teilte die Pressestelle des Präsidiums mit, dass der Mediziner Peter K. von den Beamten der „SOKO Chauvi" bereits mehrfach als wichtiger Zeuge befragt worden ist. Die Ermittler schließen mittlerweile auch einen Zusammenhang mit dem Tod von Bruno Jakowiak, der in der vergangenen Woche bei einer Karnevalsveranstaltung leblos aufgefunden wurde, nicht mehr aus."

Gödde ließ das Blatt sinken. Er hatte lange genug bei der Zeitung gearbeitet. „Wichtiger Zeuge" bedeutete in diesem Stadium der Ermittlungen etwa so viel „Dringend Tatverdächtiger". Dass es sich bei dem „Mediziner Peter K." nur um ihren alten Freund Kemmerling handeln konnte, war sowieso klar.
Die „SOKO Chauvi" war bei Irmchen Wäscher auf dem Bahnhofsklo gelandet und hatte einfach zwei und zwei zusammen-

gezählt. Zimmerhaus war dabei auf vier gekommen, Kleinelt höchstens auf drei, aber die Schlussfolgerung lag trotzdem auf der Hand: Kemmerling hatte Walter Wedelberg auf dem Gewissen und vielleicht auch mit dem anerkannten Busengrabscher Bruno eine alte Rechnung beglichen.
Gödde las weiter und wurde bleich.

„Im Zuge der weiteren Ermittlungen soll nun eine Obduktion der Leiche von Bruno Jakowiak vorgenommen werden. Der erst kürzlich beerdigte Geschäftsmann wird noch in den nächsten Tagen exhumiert. Dem Vernehmen nach liegt eine entsprechende Anordnung des Gerichts für die Öffnung des Grabes bereits vor."

„Upps."
Gödde verzog den Mund und lies die Zeitung sinken.
„Unsere Buletten-Beerdigung fliegt auf", sagte Ingo, fast flüsternd.
„Und eine Stunde später stehen Zimmerhaus und Kleinelt bei uns auf der Matte", ergänzte Rüssel.
Ob die Untersuchung der Gammelfleisches in der Rechtsmedizin für befriedigende Erkenntnisse sorgen würde, war tatsächlich mehr als zweifelhaft.
Auch die besondere Grabbeigabe würde die Fachleute im Sektionssaal kaum davon überzeugen können, dass bei dieser Bestattung alles mit rechten Dingen zugegangen war. Um dem Sarg das erforderliche Gewicht von fast drei Zentnern zu verleihen, hatte Gödde den Frikadellen noch 30 Kilo Fritierfett beigelegt. Sozusagen in Würdigung von Brunos Verdiensten um die Imbisskultur.

„Wir sollten mal ausspannen und Betriebsferien machen", schlug Rüssel vor. „An einem möglichst abgeschiedenen Ort. Fragt sich nur wo!"
Jetzt erwies es sich der gute Draht zur örtlichen Polizei als großer Nachteil. Bei Geliebten oder geliebten Verflossenen wie Lore oder Rita konnten sie nicht untertauchen, da würden Zimmerhaus und Kleinelt zuerst suchen. Aus demselben Grunde kamen die Buden von Saufkumpanen wie Piwi, Werner oder Jürgen oder die ausgedehnten Kellergewölbe unter Gottfrieds Kneipe nicht in Frage, denn auch hier kannte sich Zimmerhaus zu gut aus.
Es musste jemand sein, der etwas außerhalb ihres Dunstkreises agierte. Außerdem würden sie einen unauffälligeren Wagen brauchen.
„Schraube?", fragte Rüssel und blickte auffordernd in die Runde.
„Schraube…", wiederholte Gödde nachdenklich.
Ingo nickte. „Schraube!"

17.

Gödde schlich mit genau 50 Sachen auf der Alfredstraße in Richtung Norden.

„Jetzt bloß nicht auffallen", dachte er. Was mit einem vollbeladenen Leichenwagen gar nicht so einfach war. Im Beerdigungsinstitut hatten Ingo und Rüssel hastig das Nötigste zusammengepackt und auf der Ladefläche des Kombis verstaut. Neben einem Koffer pro Mann mit Klamotten zum Wechseln, etwas Bettzeug und zwei Kästen Altbier gehörte auch Ingos „Detektivausrüstung" zum Fluchtgepäck: Eine Kamera mit Teleobjektiv, ein altersschwacher Laptop und ein Schreckschussrevolver, der seinen Schrecken weitgehend verloren hatte, weil Rüssel beim letzten Silvesterfest sämtliche Munition verballert und dabei auch noch den Abzug abgebrochen hatte. Ihre Handys ließen die drei schweren Herzens auf Strawinskis Schreibtisch zurück.

Während seine Kompagnons den Wagen beluden, hatte Gödde sich zu Fuß auf den Weg zur nahe gelegenen Bank gemacht, um den Scheck für die Jakowiak-Beerdigung einzulösen und dazu noch weiteres Bargeld vom Konto abzuheben. Für das Überleben in der Illegalität würden sie vermutlich jeden Cent brauchen.

Vor dem Abtauchen in den Untergrund wollten sie aber vor allem noch eines erledigen: Dem sauberen Herrn Jonas einen Besuch abstatten und ihn zur Rede stellen. Immerhin schien er maßgeblich daran beteiligt gewesen zu sein, dass das Trio der Happy End AG in wenigen Stunden auf der Fahndungsliste stehen würde.

„Wie war gleich die Adresse?", fragte Gödde.

Rüssel zog die Visitenkarte aus der Tasche und las:
„Last Order - Verein für ein selbstbestimmtes und würdiges Ableben." Rüssel schüttelte verständnislos den Kopf.
„Ich lach mich tot."
„Genau das wollen die ja", brummte Gödde genervt. „Welche Straße, du Rindvieh!"
„Elzstraße 24."
Gödde nickte. „Alles klar. Ist nicht weit."
Nach etwa zehn Minuten hatten sie die Elzstraße erreicht. Eine enge Fahrbahn mit gemischter Wohnbebauung an beiden Seiten, die nach knapp 100 Metern einen Rechtsknick machte.
Gödde verringerte das Tempo etwas, Rüssel streckte den Kopf aus dem Seitenfenster und zählte die Hausnummern der rechten Seite ab.
„14…16…18…Aua. Pass doch auf, Mann!"
Gödde hatte den Wagen so scharf abgebremst, dass Rüssel mit dem Kopf gegen den Türrahmen gestoßen war. Er rieb sich die lädierte Schädeldecke und blickte nach vorn. Vor ihnen erhob sich eine mäßig begrünte Lärmschutzwand.
Dahinter schlängelte sich die Autobahn durch die Stadt und degradierte die Elzstraße zu einer Sackgasse, die eine Art Wendekreis, aber garantiert kein Haus mit der Nummer 24 aufwies.
Das Trio starrte auf die Lärmschutzwand.
„Wenn ich mich nicht verrechnet habe, hat die „Last Order" ihren Sitz ungefähr auf der linken Spur der A52 in Fahrtrichtung Düsseldorf", stellte Ingo fest.
„Genau der richtige Ort für einen Verein, der für ein selbstbestimmtes und würdiges Ableben steht", ergänzte Gödde.
Rüssel brachte es auf den Punkt: „Irgendwer verarscht uns!"

18.

Schraube lebte und arbeitete im äußersten Norden der Stadt. Für Gödde, Ingo und Rüssel galt er als die erste Adresse in Sachen krumme Dinger und vielleicht als sicheres Versteck vor der Polizei.

Unter seinem schlechtbürgerlichen Namen Karsten Schreubner war Schraube für die Ordnungshüter zwar schon seit Jahrzehnten ein dicht beschriebenes Blatt, Zimmerhaus und seine Kollegen hatten allerdings keine Ahnung von seinem aktuellen Aufenthaltsort. Die Hinterhofwerkstatt, in der Schraube - ganz legal - Autos lackierte und - weniger legal - umlackierte, gehörte seinem erkennungsdienstlich noch völlig unbehandelten Cousin Lusche.

Straßenseitig betrachtet war das kleine, ziemlich vergammelte Schild mit der Aufschrift „Lackiererei Luschkowitz" der einzige Hinweis auf den Betrieb. Ingo steuerte den Leichenwagen in die enge Durchfahrt zwischen zwei mittelgroßen Fabrikgebäuden, die seit der Gründerzeit keinen Malerpinsel mehr gesehen hatten.

Nach etwa 20 Metern führte die schmale Passage auf einen Hinterhof, auf dem ein langgestreckter Backsteinbau mit Giebeldach und zwei großen Einfahrtstoren stand.

Als Ingo die Zündung ausschaltete, öffnete sich langsam ein Flügel des rechten Tores. Schulter und Kragen eines schmierigblauen Overalls lugten hervor. Dann folgte ein Gesicht, dessen Eigner vermutlich erst vor kurzem auf eine Ölquelle gestoßen war.

Das musste Lusche sein. Schraube hatte Gödde von seinem derzeitigen Aufenthaltsort und von seinem Cousin erzählt, als sie

sich vor zwei Jahren zufällig in der City begegnet waren.
„Der Junge ist in Ordnung, er quatscht nur zu viel", hatte er seinen Cousin beschrieben, der nun im Torspalt stand und den Türsteher machte.
„Was?", fragte Schraubes redseliger Cousin.
„Wir wollen zu Schraube."
Lusche drehte den Kopf langsam in Richtung Garage und rief: „Schraube!"
Es dauerte etwa zehn Sekunden, bis im Torspalt Gesicht und Overall eines zweiten Ölbarones auftauchten. Die finstere Miene hellte sich auf, als Schraube seine drei ehemaligen Schulkameraden erkannte.
„Ich fasse es nicht: Die Drei von der Tankstelle!", rief er mit einer Mischung aus gedämpfter Wiedersehensfreude und gewohnheitsmäßigem Hohn. Den kollektiven Spitznamen hatten Gödde, Ingo und Rüssel sich schon zu Schulzeiten eingefangen, weil sie an jedem Wochenende die Bier- und Schnapsvorräte der örtlichen Tankstelle plünderten.
Ansonsten gab es für Schraube keinen Grund, seine Ex-Mitschüler mit besonderer Hochachtung zu behandeln. Nach seiner fachkundigen Meinung verstand das Trio nicht mehr von Autos als ein Zwergkaninchen vom Safer Sex. Selbst Technikfreak Ingo fand in seinen Augen keine Gnade.
Für Schraube war jeder, der einen Motorblock nicht mindestens auf 30 Zentimeter über Normalnull anheben konnte, sowieso ein Weichei mit fortgeschrittenem Muskelschwund.
Er schlug Gödde so fest auf die Schulter, dass dieser sich ernsthafte Sorgen um sein Schlüsselbein machte.
„Das ist mal eine Überraschung. Ihr seid aber doch bestimmt nicht zum Spaß hier, oder?"

„Tja, Schraube", kam Gödde direkt zur Sache, „wir haben da tatsächlich ein kleines Problem."
Schraube hörte auf zu grinsen und nickte ernst. Dann fiel sein Blick auf das Fahrzeug, mit dem sie gekommen waren.
„Mann, eine auffälligere Karre konntet ihr wohl nicht klauen?", rief er kopfschüttelnd, während er den Leichenwagen umrundete und abschätzend von allen Seiten inspizierte. Auf die Idee, dass Gödde, Ingo und Rüssel den Wagen völlig legal erworben hatten, kam Schraube natürlich nicht. Wer hier mit einem solchen Hobel auftauchte, der musste einfach Dreck am Stecken haben.
Ingo schüttelte den Kopf und öffnete den Mund, um die Sache richtig zu stellen.
„Nein, es war…Aua."
Gödde hatte ihm auf den Fuß getreten.
„Es war dunkel, und wir waren besoffen", erklärte er eindringlich und blickte Ingo dabei in die Augen, als wollte er ihn hypnotisieren.
Es hatte keinen Zweck, Schraube die ganze Wahrheit mit allen ermittlungstechnischen Details und juristischen Feinheiten zu erläutern. Drei alte Kumpel aus Schulzeiten, die versehentlich den falschen Wagen geklaut hatten. Das war seine Welt, damit konnte Schraube arbeiten.
„Die Karre müsste für ein Weilchen von der Bildfläche verschwinden. Außerdem sollten wir selbst auch für ein paar Wochen abtauchen", erklärte Gödde. Bei ihrer Begegnung in der City hatte Schraube ihm von seinem versteckten „Appartement" erzählt, das speziell für Tauchgänge dieser Art eingerichtet worden war.
Schraube nickte.

„Kein Problem. Aber ihr wisst ja: Bei Schraube müsst ihr immer etwas locker machen", zitierte er sein Geschäftsmotto, mit dem er ihnen schon in den späten 70er Jahren das letzte Geld aus der Tasche gezogen hatte.

Er war von frühester Jugend an ein begnadeter Schrauber gewesen und schien es sich deshalb leisten zu können, fast alle anderen Gehirnregionen in seinem Verteilerkopf zu vernachlässigen. Gegen ein wenig Bares oder andere Gefälligkeiten hatte er anfangs die klapprigen Mopeds seiner entnervten Mitschüler wieder zum Laufen gebracht.

Später sorgten dann die fast schrottreifen Autos, die seine Klassenkameraden mühsam mit Ferienjobs und dem endlich freigegebenen Konfirmationsgeld von Tante Hedwig finanziert hatten, für sein stetes Einkommen.

Während seine Altersgenossen in ihren Rostkaleschen zur Begleitmusik von klapperndem Blech und Fehlzündungen vom Hof ritten, schwang Schraube sich in eine auf Hochglanz polierte Corvette und beeindruckte den Teil der blondierten Frauenwelt, der sich davon beeindrucken ließ.

Das bestärkte ihn in seiner Absicht, dem Heinrich-Lübke-Gymnasium noch vor dem Ende des 10. Schuljahres den Rücken zu kehren. Auf das böse Ende, das ein solch bildungsfernes Gebaren einmal unweigerlich nehmen musste, warten seine Kritiker vermutlich noch heute.

Immerhin: Schraube war in einigen Grundrechenarten durchaus geübt und konnte auf mathematische Feinheiten wie die Prozentrechnung verzichten, weil er ohnehin nie Rabatt gewährte. „100 Euro Saalmiete für die Karre", entschied er. „Pro Woche." Kassenwart Ingo öffnete den Mund, spürte aber sofort Göddes Ellenbogen in der Bauchgegend. Schraube ließ nicht mit sich handeln. Schon gar nicht, wenn er in einer besonders günstigen Position war. Für das, was sie vorhatten, brauchten sie unbedingt ein Versteck.

„Und wie ist das mit dem Appartement?"

Schraube grinste und deutete auf Lusche.

„Unser geschultes Personal zeigt Ihnen gerne den Weg."

Der Zugang lag gut versteckt hinter hohen Reifenbergen, die sich auf dem Dachboden über Lusches Werkstatt türmten. Durch eine Tür gelangte man in einen Raum von etwa 30 Quadratmetern Grundfläche, der wegen der Dachschrägen allerdings noch deutlich kleiner wirkte.

In der linken Ecke stand ein wackeliger Tisch mit vier Stühlen, daneben ein unrestaurierter Kleiderschrank aus der Gründerzeit, daneben eine altersschwache Stehlampe.

Schraube hatte den Raum vermutlich mit dem kompletten Inventar seiner längst verstorbenen Großmutter ausgestattet. Auf der rechten Seite gab es eine Tür zu einem winzigen Badezimmer. Daneben stand ein windschiefes Regal mit etwa drei Dutzend Büchern, die Schraube wahrscheinlich ebenfalls geerbt, aber ganz sicher nicht gelesen hatte.

„Was soll der Spaß denn kosten?", fragte Gödde

„Auch 100", brummte Lusche.

Gödde nickte. Der Palast war jeden Cent wert. Unglücklicherweise verlangte Schraube den Betrag in Euro, pro Woche, in bar und in kleinen, gebrauchten Scheinen.

„Wo sollen wir denn pennen?", fragte Rüssel, der von ihrer neuen Zuflucht ebenso wenig begeistert zu sein schien wie seine Mitbewohner.

Lusche deutete mit dem Kopf auf ein Regal in der rechten Ecke des Raumes. Dort lagerte ein Stapel Matratzen von der Sorte, wie sie seit den 50er oder 60er Jahren nicht mehr hergestellt wurden. Je drei Polster ergaben eine Liegefläche, mit dem typischen taubenblauen-taubengrauen Muster und einer Hygienegarantie. Zumindest waren alle Hausstaubmilben längst an Altersschwäche gestorben.

„Alles wertvolle Antiquitäten aus Uromas Zeiten", verkündete Schraube, der soeben den Raum betreten hatte. „Nur Oma selbst ist nicht mehr da."

Ingo schnupperte. „Ganz sicher? Vielleicht öffnen wir zuerst mal das Fenster."

„Tut das und genießt die frische Luft. Wenn wir unten in der Werkstatt lackieren, ist es damit nämlich vorbei."

19.

Selten hatte ein offenes Grab so viele Fragen offen gelassen. Das Gammelfleisch, das einmal Bruno Jakowiak gewesen sein sollte, stellte die Ermittler jedenfalls vor einige Rätsel.
Eines stand für Zimmerhaus und Kleinelt allerdings fest: Neben Kemmerling mussten auch Vereinspräsident Kissenkötter und die Happy End AG irgendwie in den Fall verstrickt sein. Gemeinsam hatten sie Brunos Bestattung organisiert und durchgeführt. Wer sonst hätte den Austausch der Leiche, mit dem offensichtlich eine Obduktion verhindert werden sollte, vornehmen können?
Um keine Zeit zu verlieren, hatten sich die beiden Kommissare noch am Friedhof getrennt. Zimmerhaus machte sich in seinem Dienstwagen, der dank der emsigen Kollegen von der Instandsetzungsabteilung immer noch das markante Zeichen auf der Beifahrertür trug, auf den Weg zu Vereinspräsident Kissenkötter. Kleinelt fuhr mit zwei Uniformierten im Streifenwagen zur Happy End AG, um die drei Geschäftsführer dingfest zu machen.
„Kiesenköter in Rio!", verkündete die Raumpflegerin, die Zimmerhaus als Einzige im privaten Domizil des Vereinspräsidenten antraf, mit einem ihm unbekannten Akzent.
„Kuckt nach Mädels."
Zimmerhaus wurde hellhörig. Kam jetzt auch noch Menschenhandel ins Spiel?
Die Raumpflegerin verschwand kurz im Nebenraum und kam mit einem Zettel zurück, den sie Zimmerhaus reichte. Eine Reservierungsbestätigung vom Tourismusbüro in Rio de Janeiro. Zimmerhaus strapazierte sein Schulenglisch und las. Demnach

hatte Kissenkötter schon im letzten Frühling einen ganzen Monat Brasilien gebucht. Der Badeurlaub nebst Sightseeingtour diente wohl auch dazu, um in den Sambaschulen Eindrücke von den Vorbereitungen für den legendären Karneval in Rio zu sammeln. Vielleicht wollte Kissenkötter beim heimischen Rosenmontagszug in Essen ein paar Anregungen aus Südamerika umsetzen.

Zimmerhaus runzelte die Stirn. Vor seinem geistigen Auge formierte sich schemenhaft eine Szene: Die Seniorentanzgruppe der „KG In Vino Veritas", die zu heißen Sambarhythmen den örtlichen Karnevalszug anführt. In den extrem sparsamen Kostümen, die man sonst nur von ihren deutlich jüngeren Kolleginnen aus Brasilien kennt.

Zimmerhaus schüttelte energisch den Kopf, um dieses Bild zu vertreiben. Eine Exhumierung pro Tag sollte reichen.

Als der Oberkommissar rund eine halbe Stunde später auf dem Grundstück der Happy End AG auftauchte, schien dort schon alles gelaufen zu sein. Kleinelt lehnte an der Hauswand neben der Eingangstür und rauchte.

„Und?", fragte Zimmerhaus.

Kleinelt blies lässig den Zigarettenrauch aus und grinste triumphierend.

„Wir haben sie!"

„Entzückend", rief Zimmerhaus, ging in den Flur und sofort in das Büro, das sich als völlig menschenleerer Raum erwies. Er machte wieder kehrt.

„Wo sind sie denn?"

„Wer?", fragte Kleinelt, der immer noch rauchend an der Hauswand lehnte.

„Unsere drei Verdächtigen natürlich, du Straßensperre!"

Kleinelt zuckte mit den Achseln.

„Was weiß denn ich? Weg. Ausgeflogen. Auf der Flucht."

Zimmerhaus senkte die Arme und schüttelte den Kopf.

„Wir haben sie, wir haben sie", äffte er Kleinelt nach. „Wen oder was bitte haben wir?"

„Na, die Beweise natürlich. Diesmal waren sie zu unvorsichtig. Noch ein Leiche. Direkt nebenan!"

Kleinelt deutete auf den Ausstellungsraum.

Zimmerhaus betrat den Flur zum zweiten Mal und warf einen Blick in den Raum. Tatsächlich, eine Leiche.

Der Oberkommissar schüttelte noch einmal den Kopf, rollte entnervt mit den Augen und rief: „Strawinski, Kundschaft!"

Die Leiche setzte sich mit einem Ruck auf und lächelte sofort verbindlich. „Was kann ich für Sie tun?"

Kleinelt zuckte zusammen.

„Huch. Ich hätte schwören können…"

Zimmerhaus blickte ihn strafend an.

„Schon mal was von Puls fühlen gehört?"

Der Oberkommissar begab sich wieder in das Büro, setzte sich auf den Chefsessel und rief betont beiläufig:

„Strawinski, könnten Sie mal kurz kommen?"

Zögernd betrat Strawinski den Raum. Er wirkte wie das Schuldbewusstsein in Person.

„Ja?"

„Nehmen Sie doch Platz", bot Zimmerhaus dem bleichen Bestatter einen Besucherstuhl vor seinem eigenen Schreibtisch an. Strawinski gehorchte. Er fühlte sich sichtlich unwohl.

„Sie wissen nicht zufällig, wo sich Ihre drei Chefs zur Zeit aufhalten?", fragte Zimmerhaus lauernd.

„Die…sind auf Geschäftsreise", antwortete Strawinski und sah

sich suchend auf dem Schreibtisch um. „Als ich gestern in das Institut gekommen bin, habe ich nur ein Schreiben vorgefunden. Hier!"
Strawinski reichte dem Kommissar einen Zettel.
Zimmerhaus las:

„Hallo Strawinski, wir mussten dringend weg. Schmeißen Sie den Laden für ein paar Tage. Gruß, Gödde.
P.S.: Wir sind vorerst auch per Handy nicht zu erreichen."

Zimmerhaus legte den Zettel beiseite und blickte Strawinski scharf an.
„Ihre Handys haben sie natürlich hier gelassen. Das finden Sie ganz normal?"
Strawinski zögerte, dann senkte er den Kopf.
„Nein. Ich habe mir auch schon Sorgen gemacht. Aber ich weiß wirklich nicht, wo sie sich aufhalten."
„Sie können gehen", entließ der Oberkommissar ihn aus seinem eigenen Büro. „Aber halten Sie sich zur Verfügung!"
„Keine Sorge", versicherte Strawinski und begab sich wieder zum Ausstellungsraum. „Sie wissen ja, wo Sie mich finden."

Zimmerhaus steckte sich eine Zigarette an und blickte nachdenklich durch das Fenster. Die Beweise waren ziemlich eindeutig, aber irgendwie passte das alles nicht so recht zusammen. Ihr Hauptverdächtiger Kemmerling, den sie nun mehrfach intensiv verhört hatten, beteuerte immer noch hartnäckig seine Unschuld. Und Gödde, Ingo und Rüssel als seine Komplizen, die halfen, einen Mord zu vertuschen?
Zimmerhaus kannte das Trio schon seit Jahren und traute ihm

fast jede krumme Tour zu. Aber Beihilfe zum Mord?
Dem Oberkommissar blieb trotzdem keine Wahl. Er nahm das Telefon, wählte eine bestimmte Nummer im Essener Präsidium und ließ die gesamte Geschäftsführung der Happy End AG zur Fahndung ausschreiben.
Eins wollte und konnte er dem Trio aber immerhin ersparen: Einen Fahndungsaufruf nebst Foto in den örtlichen Zeitungen. So etwas konnte sich mittelfristig ganz schlecht auf das Geschäft auswirken.

20.

„Der Frankenstein von der Frankenstraße", verkündete der Anzeiger auf der Titelseite. Darunter stand „Grab ohne Leiche: Polizei exhumiert Gammelfleisch."
Gödde ließ die Zeitung sinken und schüttelte den Kopf. Wer eine wirklich gute Headline haben will, darf es mit den Fakten eben nicht so ganz genau nehmen.
Kemmerlings Praxis lag bestenfalls in der Nähe der Frankenstraße, und das Zeug zum Leichenklau hatte der schmächtige Mediziner sowieso nicht.
Niemand konnte ernstlich annehmen, dass er sich nachts mit dem Spaten auf den Friedhof geschlichen hatte, um dort Brunos sterbliche Überreste gegen verderbliche Essensreste auszutauschen.
Die Polizei hatte das Grab geöffnet und sich erwartungsgemäß über den Inhalt gewundert. Zimmerhaus und seine Kollegen konnten sich leicht ausrechnen, dass der hochverdächtige Dr. Kemmerling das Verschwinden von Jakowiaks Leiche zwar geplant, die Tat aber höchstwahrscheinlich nicht selbst oder zumindest nicht im Alleingang ausgeführt hatte. Das machte das Trio von der Happy End AG automatisch zu Komplizen in einem Mordfall.
„Die haben uns schön reingelegt", stellte Rüssel überflüssigerweise fest und nahm eine neue Flasche aus dem Kasten.
Sie hockten beim Frühstück auf den taubenblauen-taubengrauen Matratzen, die Ingo strategisch günstig auf dem Boden ihres Verstecks verteilt hatte. Fast wie bei den Kellerparties in den 70er Jahren, bei denen Gödde, Ingo und Rüssel ihre ersten Erfahrungen mit den einschlägigen Saufspielen und der nach-

folgenden Anwendung verschiedener Fleckenmittel gemacht hatten. Damals waren sie nur auf der Flucht vor aufgebrachten Eltern gewesen, heute war die Polizei hinter ihnen her.

„Jetzt müssen wir den Fall wohl selbst lösen, sonst lassen die uns im Knast vertrocknen", setzte Rüssel seine Überlegungen fort.

„Und wo beginnen wir mit den Ermittlungen, Sherlock?" Ingo wirkte leicht gereizt. „Wir haben nicht die Spur einer Spur."

Dass die Beamten mit ihrem alten Schulfreund Kemmerling den Falschen kassiert hatten, daran zweifelte das Trio keinen Moment lang.

Auch Heinz Kissenkötter kam als Urheber dieser Intrige wohl nicht in Frage. Der Ruf des honorigen Karnevalspräsidenten, der zudem seit mehr als 40 Jahren im örtlichen Handballverein aktiv und dort vor allem für seinen gnadenlosen Schlagwurf bekannt war, galt als makellos. Vermutlich war auch er vom sauberen Herrn Jonas (oder wie immer der auch heißen mochte) und seinem Phantomverein getäuscht worden.

„Wir haben eine Kontonummer!", rief Gödde plötzlich und kramte in seiner Hosentasche. Er holte den Einzahlungsbeleg für den Scheck hervor, mit dem Jonas sie für ihren Einsatz bei der Jakowiak-Beerdigung bezahlt hatte.

„Jetzt müsste man nur noch feststellen, zu wem die Kontonummer gehört", folgerte Rüssel messerscharf.

„Kein Problem, wir schauen einfach noch einmal bei Herrn Jonas vorbei", meinte Ingo genervt und klopfte demonstrativ seine Hemdtaschen ab. „Wo hatte ich noch gleich die Adresse?" Rüssel ließ sich nicht beirren.

„Aber im Web gibt es doch sicher Möglichkeiten?"

„Im Web können Netz-Nieten wie wir bestenfalls überprüfen,

ob eine Kontonummer unter einer bestimmten Bankleitzahl überhaupt existiert", dozierte Ingo. „Erübrigt sich, denn das Geld wurde uns ja ausbezahlt, das Konto gibt es also. Ohne richterlichen Beschluss wird die Bank aber nichts zu Namen und Adresse verraten. Datenschutz und so."
„Also?"
„Also brauchen wir einen Hacker. Mal hören, was Schraube dazu einfällt."
Schraube befand sich in der Werkstatt und war gerade dabei, neue Kennzeichen an einem Mercedes älteren Baujahrs anzubringen.
„Einen Hacker?", fragte er stirnrunzelnd. Gödde nickte. Schraube dachte kurz nach. Dann wandte er sich zwecks Kurzkonferenz seinem schwatzhaften Cousin zu, der gerade einige gebrauchte Nummernschilder schredderte. Auch dieser schien einen Moment lang intensive Überlegungen anzustellen.
„Getznert", antwortete er dann.
„Getznert?"
Lusche nickte und gähnte, sichtlich geschwächt von dem ermüdenden Gespräch.
„Also Getznert", stellte Schraube fest. „Wohnt nur ein paar Straßen weiter und arbeitet meistens nachts. Da könnt ihr zu Fuß hin. Ich melde euch an. Natürlich zum Selbstkostenpreis."
„Setz es auf die Rechnung", seufzte Gödde.

21.

Plankenstein hatte keine Probleme, unbehelligt an der Anmeldung vorbeizukommen. Ein Mann in Weiß fiel in einem Krankenhaus selbst dann nicht besonders auf, wenn er fast zwei Meter groß war und eine verblüffende Ähnlichkeit mit Boris Karloff hatte.

Der Pfleger spazierte ohne Eile in den Korridor mit den Aufzügen, drückte aufs Knöpfchen und wartete geduldig auf den Fahrstuhl. Im dritten Stock verließ er die Kabine und steuerte die Privatstation an. Dort nahm Plankenstein einen der abgestellten Rollstühle und schob ihn zielstrebig auf das Zimmer mit der Nummer 312 zu.

Erich Gutkowski saß aufrecht in seinem Bett und vertilgte gerade sein zweites Frühstück, das ihm sein frisch operierter Bettnachbar nur zu gern überlassen hatte. Als sich die Tür öffnete, unterbrach er sämtliche Kaubewegungen und blickte den Pfleger erwartungsfroh an.

„Schon wieder ein Einlauf?", fragte er mit vollem Mund, wobei einige Brötchenkrümel auf der Bettdecke landeten.

„Keine Sorge", versicherte Plankenstein mit einem betont harmlosen Gesichtsausdruck, „wir müssen nur noch mal kurz zum Röntgen."

Gutkowski verzog enttäuscht den Mund und schob das Tablett mit den Frühstücksresten wieder zu seinem Bettnachbarn rüber. Plankenstein entfernte die Bettdecke, hob den stark untersetzten Mann ohne Mühe aus dem Bett und verstaute ihn im mitgebrachten Rolli.

„Donnerwetter, sind Sie aber stark", säuselte Gutkowski, während Plankenstein ihn auf den Gang schob.

„Don Kanülo hat das nie ohne Hilfe geschafft."
„Wer bitte?"
„Don Kanülo. Ihr Kollege von der anderen Schicht. Eigentlich heißt er ja Herbert, aber ich habe ihn Don Kanülo getauft."
Gutkowski kicherte.
„Verstehen Sie? Don Kanülo und Popone. Ich bin Popone. Wegen der vielen Einläufe."
„Ich verstehe. Sehr originell. Vorsicht mit den Beinen", sagte Plankenstein, als sie den Durchgang zum Röntgenraum passierten.
Er schloss die Tür und schaute sich um. Sie waren allein. Plankenstein schob den Rolli bis kurz vor das Röntgengerät, hob Gutkowski heraus und legte ihn auf die Liegefläche.
„Huch, ist das kalt!", maulte Gutkowski, als sein nackter Rücken Metall berührte. „Muss das denn wirklich sein?"
„Das geht jetzt alles sehr schnell", versicherte Plankenstein.
„Nachher gibt es dann sicher auch noch einen Einlauf."
Gutkowskis Gesichtszüge entspannten sich merklich.
„Fein. Jetzt aber raus hier, sonst bekommen Sie noch zu viel von der Strahlung ab, Süßer."
Er kicherte wieder.
„Kein Sorge", meinte Plankenstein und postierte sich am Kopfende, wo Gutkowski ihn nicht mehr sehen, aber noch sehr gut hören konnte.
„Jetzt bitte tief einatmen!", befahl der Pfleger.
Gutkowski atmete tief ein.
Plankenstein presste seine rechte Hand auf Gutkowskis Mund. Mit der linken zog er eine Spritze aus der Jackentasche und rammte sie seinem Patienten in Herzhöhe in die Brust.
Aus weit aufgerissenen Augen beobachtete Gutkowski, wie

der Inhalt des Zylinders langsam in seine rechte Herzkammer gedrückt wurde. Er wollte schreien, aber die Hand auf seinem Mund und die einsetzende Bewusstlosigkeit machten das unmöglich.

Plankensteins Stimme war das Letzte, was er in diesem Leben hörte.

„Jetzt bitte nicht mehr atmen."

Gutkowski gehorchte und atmete nicht mehr. Seine gebrochenen Augen schienen auf das Röntgengerät über seinem Kopf zu starren.

Der Pfleger zog die Kanüle aus Gutkowskis Herz, fühlte seinen Puls und nickte befriedigt. Dann steckte er die Spritze ein und machte sich auf den Weg.

An der Tür zum Röntgenraum drehte er sich noch einmal um. Sein Mund verzog sich zu einem spöttischen Grinsen.

„Hätte ich fast vergessen: Bitte gleichmäßig weiteratmen."

22.

Unter günstigen klimatischen Bedingungen erfolgt die Fortpflanzung der gemeinen Hausratte das ganze Jahr über. Vorausgesetzt, sie wird dabei nicht von drei flüchtigen Bestattungsunternehmern gestört.
Das leise Rascheln, das Gödde, Ingo und Rüssel im schwach beleuchteten Treppenhaus des abgelegenen Fabrikgebäudes empfing, deutete jedenfalls auf einen rattenscharfen Coitus Interruptus hin.
Göddes Blick fiel auf ein längliches Firmenschild, das etwa zwei Meter oberhalb des Treppenabsatzes vor sich hin rostete. Vor etwas mehr als 50 Jahren hatten die Gebrüder Hirsch von der „Schädlingsbekämpfungs GmbH & Co. KG" den Ratten in aller Welt den Krieg erklärt, ihn aber irgendwann auch auf dem eigenen Territorium verloren. Die Firma war pleitegegangen oder weggezogen, die hiesigen Ratten hatten gewonnen und nach der Siegesfeier nicht einmal mehr aufgeräumt.
Wenn man Lusches honorarpflichtigem Geheimtipp Glauben schenken wollte, betrieb der geheimnisvolle Getznert im 4. Stock eine Soft-Loft, die in keinem Branchenbuch zu finden war.
„Genau so habe ich mir das vorgestellt", meckerte Ingo und gab sich Mühe, auf der zugemüllten Treppe nicht in irgendetwas reinzutreten. „Eine abrissreife Bruchbude am Arsch der Welt. Und wahrscheinlich ein verkanntes Computergenie, das zwischen leeren Fast Food-Packungen, Pizzakartons und Bierdosen dahinvegetiert."
„Klingt lecker", keuchte Rüssel, dem der Aufstieg und der leere Magen sichtlich zu schaffen machten.

Etwa eine halbe Stunde zuvor hatte Schraube ihr Refugium über der Werkstatt betreten und verkündet, dass Getznert kurz vor seiner Abreise zum großen Hacker-Kongress in Hamburg stand. Wenn sie nicht noch drei weitere Tage warten wollten, müssten sie schon sofort antanzen. Das Abendessen war damit gestorben.

Das Trio hatte die vier Stockwerke nicht ohne Mühe bewältigt und tastete sich nun durch einen ebenso kleinen wie düsteren Korridor. An dessen Ende war eine graublaue Stahltür mit einer erstaunlich gut erhaltenen Sprechanlage nebst Überwachungskamera montiert.

Ingo drückte auf den Klingelknopf und wartete.

„Ja?" Die Stimme aus dem Lautsprecher klang unfreundlich.

„Wir kommen von Schraube", verkündete Gödde.

Es dauerte einen Moment, dann war in Höhe des Türschlosses ein leises Summen zu hören. Die Tür öffnete sich und gab den Blick auf einen etwa zehn Meter langen Flur mit einem gepflegten Laminatboden und teuren Seidentapeten an den Wänden frei.

Gödde, Ingo und Rüssel staunten. Von wegen Bruchbude!

„Stopp. Die Schuhe aus und Filzpantoffeln an!", befahl die Stimme aus der Sprechanlage.

Rechts neben dem Eingang stand ein Regal mit fünf Paar Hausschuhen derselben Bauart. Gödde runzelte die Stirn, zuckte dann mit den Achseln und schälte sich seine Treter von den Füßen.

Ingo und Rüssel taten es ihm gleich.

Auf hygienisch unbedenklichen Sohlen schlurften sie den Flur entlang, der mit allerlei Hacker-Trophäen verziert war. Auszeichnungen von den einschlägigen Clubs oder anderen Communities und Zeitungsauschnitte von erfolgreichen Attacken auf das Establishment.

Dann kam ein lebensgroßes Portrait in Öl, das die Herkunft des Namens „Getznert" orthografisch ins richtige Licht rückte. Ein Mann um die 40 in Napoleon-Pose, die rechte Hand in der Westentasche verborgen, die linke huldvoll auf die Oberkante eines Bildschirms gelegt, blickte abschätzend auf die Betrachter herab.

Darüber prangte der Schriftzug „Gerd, the Nerd", darunter der Claim „Eigener Gerd ist Goldes wert!"

Unter Minderwertigkeitskomplexen schien der Mann, den Schraube und Lusche in Unkenntnis sämtlicher Anglizismen „Getznert" nannten, jedenfalls nicht zu leiden.

Nach weiteren drei Metern ging der Flur in einen großen Raum über, der nach drei Seiten vom Boden bis zur Decke verglast war. Bei Tag würde es hier vermutlich eine einzigartige Aussicht auf den Essener Norden geben.

Ganz links stand ein riesiger Schreibtisch aus Glas, darauf ein Bildschirm und direkt dahinter saß ein Mann, der das Trio gelangweilt musterte.

Gerd trug eine vermutlich sündhaft teure Designerbrille und war kahl rasiert. Am ganzen Körper.

Gerd war nackt, bis auf die Filzpantoffeln an seinen Füßen.

„O.k., ich habe nicht viel Zeit!"

Gerd deutete auf eine Ledercouch, die etwa zwei Meter vor dem Schreibtisch stand.

„Setzt euch, kommt gleich zur Sache und…"

Der Nerd stockte und blickte auf die drei Besucher, die immer noch wie angewurzelt vor seinem Schreibtisch standen.

„Ist was?"

„St. Martin ist auch nicht mehr das, was er einmal war", seufzte Rüssel.

„Ist schon in Ordnung", beschwichtigte Ingo. „Manche Leute können einfach alles tragen."

„Junge Haut muss ja auch atmen können", ergänzte Gödde.

Gerd schaute an sich herab, hob den Kopf wieder und verdrehte genervt die Augen. Diese Ignoranten!

„Noch nie etwas von Naked Net gehört?", fragte er kopfschüttelnd.

Rüssel grinste. „Klar, kenn ich. Das ist der Film, wo die Hauptdarstellerin von der Besatzung eines Fischkutters…"

„Idiot", unterbrach ihn der Nerd. „Das ist eine Aktion gegen die zunehmende Kontrolle und Bevormundung im Netz. Zum Protest sitzen die teilnehmenden Hacker nackt vor ihrem Gerät."

„Na, wenn *das* die Kontrollettis nicht wachrüttelt…", meinte Gödde.

„Genau", bestätigte Gerd unbeeindruckt. „Die ganze Aktion wird per Webcam übertragen und dann im Netz zu einer riesigen Installation gebündelt."

Ingo zuckte zusammen.

„Moment mal, hier läuft eine Webcam?"

„Bei Kundenverkehr schalte ich das Ding natürlich aus. Speziell, wenn es sich um Freunde von Schraube handelt", beruhigte Gerd ihn und lächelte zum ersten Mal, wenn auch mit einem eher ironischen Zug um den Mund.

„Jetzt aber zur Sache. Ich muss in einer Dreiviertelstunde am Flughafen sein."

„Wir haben eine Kontonummer, leider aber den passenden Namen und die Adresse verlegt", verriet Gödde.

Gerd zog die Augenbrauen hoch.

„Dafür kommt ihr zu mir? Sowas erledigt normalerweise mein Neffe zwischen Schulschluss und Nachhilfe."

„Es ist dringend", sagte Gödde und legte den Zettel mit der Kontonummer auf den Glastisch.

Gerd zuckte mit den Achseln, nahm den Zettel und wandte sich seinem Bildschirm zu.

„Die Mindestpauschale für eine einfache Recherche beträgt 100 Euro, Getränke nicht inbegriffen."

Gödde, Ingo und Rüssel nickten synchron. Was blieb ihnen auch anderes übrig?

Der Nerd hackte, was das Zeug hielt. Nach einigen Minuten hielt er inne.

„Die Kontonummer gehört zur Firma Schmarrn in München."

Gerd blickte skeptisch auf den Bildschirm. „Der Name ist Programm. Keine Telefonnummer, keine Mailadresse, kein gar nix. Eine Briefkastenfirma, wie es aussieht."

„Habe ich mir fast gedacht", meinte Gödde mit einem starken Unterton von Resignation in der Stimme. „Das wars dann wohl."

„Ich habe nicht gesagt, dass das Ende der Fahnenstange ist", belehrte Gerd ihn. „Alles eine Frage der Investitionsbereitschaft. Jeder weitere Schritt kostet 200 Euro."

Die Drei nickten ergeben.

Gerd wandte sich seinem Bildschirm zu, während seine Finger schon wieder über die Tastatur huschten. Nach einer Weile hielt er inne.

„Hier: Das Postfach wurde von einem Mitarbeiter der Favela Aid angemietet. *Die* Einrichtung gibt es tatsächlich. Eine Stiftung, die in Deutschland Geld für die Waisen aus den Armenvierteln Brasiliens sammelt."

„Das kommen wir der Sache doch schon etwas näher", freute sich Gödde. „Der Name sagt mir allerdings nichts. Kriegen wir vielleicht noch mehr raus?"
„Nächster Schritt: 300 Euro."
Gerd ließ sich von seinen Prinzipien der größtmöglichen Kundenschröpfung nicht abbringen.
„Nun mal langsam", protestierte Finanzchef Ingo. „Unsere Mittel sind ziemlich begrenzt. Einem nackten Mann kann man nicht in die Tasche packen. Das solltest *du* doch eigentlich wissen."
Gerd lehnte sich langsam zurück, hob die Hände und zeigte seine ebenfalls nackten Handinnenflächen.
„Kein Input, kein Output."
Ingo presste die Lippen zusammen und senkte den Kopf.
„Mach weiter."
„Na also", triumphierte Gerd und strapazierte wieder seine Tastatur. Nach einer Weile zog er die Augenbrauen hoch und schaute zum ersten Mal an diesem Abend mit wirklichem Interesse auf den Bildschirm.
„Bingo!" Gerd grinste plötzlich von einem Ohr zum anderen. „Die Stiftung Favela Aid wurde vor etwa drei Jahren von der Psychiatrischen Waldklinik von Professor Benzenfurth gegründet. Im schönen Essen. Sucht ihr vielleicht so etwas in der Art?"

23.

„Wer Trinken, Rauchen und Sex aufgibt, lebt auch nicht länger. Es kommt ihm nur so vor."
Rüssel senkte das Buch und war voller Bewunderung für den Vater der Psychoanalyse. „Ich wusste gar nicht, dass das von Freud ist!"
Gödde nickte abwesend und murmelte beiläufig „Wenn es da steht…". Sein Blick war starr auf den Bildschirm des Laptops gerichtet, auf dem sich gerade die Homepage der „Psychiatrischen Waldklinik Essen" aufbaute.
Die renommierte Einrichtung zur Behandlung von psychischen Erkrankungen und vielleicht sogar ihr Leiter Prof. Dr. Jens-Otto Benzenfurth standen in irgendeinem Zusammenhang mit den Todesfällen. Also hatten Gödde und Ingo sich direkt nach dem Frühstück zwecks Internetrecherche vor ihren Laptop gehockt, während Rüssel in der Bibliothek von Schraubes verblichener Großmutter nach der passenden Literatur suchte. Ein Buch mit bekannten Freud-Zitaten war das einzige Werk, das dem Thema einigermaßen nahe kam.
„Es ist bemerkenswert, dass die Genitalien selbst, deren Anblick immer erregend wirkt, doch fast nie als schön beurteilt werden. Stammt auch von Sigmund Freud", staunte Rüssel. „Ob Gerd das jemals gelesen hat?"
Ingo und Gödde blieben ihm eine Antwort schuldig und studierten weiter die Homepage. Die Seiten verrieten nur wenig Neues. Allgemein bekannt war, dass es sich bei dieser Einrichtung um eine exklusive Nobelklinik im Essener Süden handelte.
Der Leiter und Inhaber Prof. Dr. Jens-Otto Benzenfurth galt als internationale Koryphäe der Psychoanalytik, als Verfasser

richtungsweisender Bücher sowie als guter Steuerzahler und Familienvater.

Die Archive der einschlägigen Zeitungen und einige anonyme Einträge in verschiedenen Blogs waren da schon aufschlussreicher. Demnach schien der Professor auch einiges für den übertriebenen Luxus, das Glücksspiel und die außerehelichen Beziehungen übrig zu haben.

„Das Maß an unbefriedigter Libido, das die Menschen im Durchschnitt auf sich nehmen können, ist begrenzt", zitierte Rüssel weiter aus dem Freud-Buch.

„Du nervst", meckerte Ingo, während er weiter auf den Bildschirm starrte. „Mach doch mal was Sinnvolles!"

„Die große Mehrzahl der Menschen arbeitet nur notgedrungen, und aus dieser natürlichen Arbeitsscheu leiten sich die schwierigsten sozialen Probleme ab", hielt Rüssel mit einem weiteren Freud-Zitat dagegen.

Gödde und Ingo hoben langsam den Kopf und schickten einen Blick der Kategorie „letzte Mahnung" in Rüssels Richtung. Gödde riss ihm das Buch aus der Hand und begann, darin zu blättern.

„Hier ist eine Freud-Weisheit für dich: Wenn du das Leben aushalten willst, richte dich auf den Tod ein."

„Schon gut, schon gut, ich weiche der Gewalt."

Rüssel hob abwehrend die Hände, griff dann wieder nach dem Schmöker und las: „Hier: Wir streben schließlich mehr danach, Schmerz zu vermeiden als Freude zu gewinnen. Siegmund Freud."

Bevor Gödde ihm an die Gurgel gehen konnte, verzog sich Rüssel in Richtung Kühlschrank.

Gödde konzentrierte sich wieder auf den Bildschirm, auf dem

Ingo nun die Archivseiten des „Anzeigers" herunterscrollte. Auch das schien nicht besonders ergiebig zu sein.

„Stopp!", rief Gödde plötzlich. „Nochmal zurück!"

Ingo drehte das Rad auf der Maus in die entgegengesetzte Richtung. Auf dem Schirm erschien ein Zeitungsausschnitt mit einem Bericht vom letzten Neujahrsempfang in der Klinik. Das Foto zeigte den Hausherrn im weißen Smoking zwischen verschiedenen Lokalprominenten aus Politik, Kirche und Wirtschaft.

In der zweiten und dritten Reihe sah man einige Mitarbeiter der Klinik. Gödde deutete auf einen Mann, der fast ganz rechts stand und nicht besonders deutlich zu erkennen war, weil er sich hinter seinem Sektglas zu verstecken schien.

„Ist das nicht unser lieber Herr Jonas?", fragte Gödde.

Ingo zuckte mit den Achseln.

„Keine Ahnung. Außer dir hat ihn ja keiner von uns gesehen. Und was nun?"

„Wir sollten dem Professor und seiner Klinik einen Besuch abstatten", meinte Gödde nachdenklich. „Vielleicht hatte er ein paar säumige Patienten auf der Abschussliste."

Aus dem Off kam Rüssels Stimme.

„Patienten - den Hals umdrehen könnte ich ihnen allen. Zitat Sigmund Freud."

24.

„Ich soll einen armen Schlucker zum Millionär machen? Kein Problem."

Der ironische Unterton in der Stimme des Nerds war nicht zu überhören. Gerd saß hinter seinem Glasschreibtisch und war zur Freude aller Anwesenden jetzt vollständig bekleidet, denn die Naked Net-Aktion hatte auf dem Hackerkongress in Hamburg ihr planmäßiges Ende gefunden.

Gödde, Ingo und Rüssel hockten in gespannter Erwartung vor dem Schreibtisch. Zuvor hatten sie Gerd erklärt, wie sie der Klinik und dem Professor auf den Zahn fühlen wollten. Ingo sollte einen wohlhabenden Patienten mimen und sich mit psychischen Problemen in die Behandlung der Waldklinik begeben.

An der Legende dazu hatten sie fast eine halbe Nacht lang gearbeitet: Ein Ingenieur aus Essen war vor rund zehn Jahren in das Sultanat Oman gegangen und hatte dort viel Geld mit dem Bau von Brau- und Abfüllanlagen für garantiert alkoholfreies Bier gemacht.

Die Tarnung war einigermaßen wasserdicht und würde auch geschickten Nachfragen standhalten. Ingo war tatsächlich gebürtiger Essener, verstand als studierter Ingenieur genug von der technischen Seite und als anerkannter Schluckspecht genug vom Bier, wenn auch nicht gerade von der alkoholfreien Sorte. Deutlich schwieriger erschien es da schon, ein gut gefülltes Bankkonto zu simulieren, das auch einer eventuellen Überprüfung standhielt. Da kam Gerd ins Spiel. Oder auch nicht.

„Wie habt ihr euch das denn vorgestellt? Ich eröffne für Ingo ein Konto bei der Deutschen Bank und manipuliere den Kontostand auf eine Million hoch?"

Gerd schüttelte verständnislos den Kopf.

„Wenn das so einfach wäre, würde ich längst woanders sitzen. Entweder auf den Seychellen oder in der JVA Krawehlstraße. Beides wäre mir ein wenig zu heiß."

„Was wäre, wenn wir die Märchenbank aus 1001 Nacht selbst eröffnen würden? Natürlich nur virtuell", schlug Gödde vor.

Gerd schüttelte wieder den Kopf. „Das fällt auf, sobald die eine offizielle Kreditauskunft einholen."

„Was zeichnet denn jemanden aus, der im Orient zu Geld gekommen ist?", fragte Rüssel. „Ölquellen? Ein Harem? Viele Kamele?"

„Ich sehe nur drei", antwortete Gerd. „Nee, nee, da müsst ihr euch schon was Besseres einfallen lassen."

„Kannst du denn gar nichts für uns tun?", bettelte Ingo.

Gerd seufzte und nickte dann ergeben.

„Also gut. Diese Beratung war kostenlos."

25.

Der 500er war nicht mehr neu, roch aber wie frisch lackiert.
Ingo schnupperte, verzog den Mund und öffnet dann das Seitenfenster. „Woher hast du eigentlich…"
„Frag besser nicht", unterbrach ihn sein Fahrer und rückte seine Mütze gerade. Schraube hatte seinen Overall gegen eine altmodische Chauffeursuniform getauscht, war frisch rasiert und sogar einigermaßen frisiert. Er lenkte den Benz, als hätte er es im Fuhrpark der Queen gelernt.
Ingo saß in einem gebrauchten Designeranzug aus Marios Second Hand-Laden auf der Rückbank und kratzte sich ständig am rechten Unterarm.
Der leichte Sonnenbrand war die unerwünschte Nebenwirkung einer dreitägigen Intensivbehandlung im Sonnenstudio. Als vermeintlicher Orientheimkehrer sollte er zumindest einen Hauch von gesunder Wüstenbräune aufweisen können.
Eigentlich wollte Ingo mit dem Taxi bei der Klinik vorfahren, aber Schraube hatte dringend davon abgeraten.
„Ihr müsst jetzt dick auftragen. Wer als Kofferträger daherkommt, darf sich nicht wundern, wenn sein Geschäft schleppend läuft", offenbarte ihr geldgeiler Gastgeber eine Geschäftsphilosophie von beachtlicher Weisheit.
„Lasst mich nur machen."
Gödde, Ingo und Rüssel ließen ihn machen, auch wenn das vermutlich ein weiteres tiefes Loch in ihre Reisekasse reißen würde.
Ingo und sein Fahrer hatten die ersten Ausläufer des Essener Südens erreicht. Schraube fuhr die Frankenstraße hinauf und bog am Stadtwaldplatz Richtung Heisingen ab. Die Straße führ-

te zunächst durch ein Wohngebiet, das nach einer Steigung von etwa einem Kilometer in einen dichten Wald überging.

Nach einem weiteren Kilometer bremste Schraube den Wagen ab. Der Abzweig war nicht zu übersehen. Ein riesiges Hinweisschild deutete darauf hin, dass diese Straße zur Waldklinik - und *nur* dorthin - führte. Schraube bog rechts ab und steuerte den Benz durch ein Waldstück, das zu einer geräumigen Lichtung auf einer Anhöhe führte.

Die Waldklinik bot einen imposanten Anblick. Der Gebäudekomplex musste etwa aus dem frühen 20. Jahrhundert stammen. Er zeigte sich in einem hervorragenden Zustand, wirkte aber auch ein wenig bedrohlich. Der Gebäudetrakt war von einer hohen Mauer umgeben, die man ganz oben mit allerlei Stacheldraht und Überwachungskameras verziert hatte.

Ingo betrachtete die Mischung aus Schwarzwaldklinik und Hochsicherheitsknast mit Unbehagen. Hier kam vermutlich niemand so leicht rein. Oder wieder raus.

„Herr Ingo Schmidt. Wir haben einen Termin beim Professor", verkündete Schraube, nachdem er den Benz vor der Schranke angehalten und die Seitenscheibe heruntergefahren hatte.

Der Mann im Wärterhäuschen nickte respektvoll und griff dann zum Telefonhörer. Nach einem kurzen Gespräch nickte er noch einmal und öffnet dann die Schranke.

Schraube fuhr die Auffahrt hinauf, hielt den Wagen vor dem Haupteingang an und drehte sich zu Ingo um. Der blickte ihn auffordernd an und deutete mit dem Kopf auf die Wagentür an seiner rechten Seite. Schraube zuckte mit den Achseln, stieg aus, ging um den Wagen herum und öffnete seinem „Arbeitgeber" die Tür.

„Vielen Dank, Johann. Sie warten dann bitte."

„Jawohl, Herr Schmidt. Ganz wie Sie wünschen."
Schraube grinste Ingo vielsagend an und ahmte mit Daumen und Zeigefinger unauffällig die charakteristische Bewegung des Geldzählens nach. Extras wie das devote Türaufhalten hatten schließlich auch ihren Preis.
Ingo betrat die geräumige Empfangshalle und meldete sich an. Die Dame hinter dem Schreibtisch war blond, gutaussehend, so um die 40 und schenkte dem potentiellen Patienten ein höfliches Lächeln.
„Herzlich willkommen, Herr Schmidt. Nehmen Sie bitte noch einen Moment im Wartezimmer Platz."
Sie deutete auf die gegenüberliegende Tür.
Eine gute Stunde verbrachte Ingo im Wartezimmer, während Schraubes inneres Taxameter draußen unablässig weiterlief. Wenn das so weiterging, war ihre Barschaft innerhalb der nächsten zwei Wochen aufgebraucht. Andererseits war Ingo ganz froh, dass Schraube startbereit auf ihn wartete. Vielleicht musste er hier ganz schnell wieder verschwinden.
„Herr Schmidt?"
Ingo blickte hoch und direkt in die Augen einer Dunkelhaarigen von etwa 30.
„Guten Tag. Mein Name ist Gildenberg. Ich bin die Sekretärin von Professor Benzenfurth."
Alles deutete darauf hin, dass er dem lebensfrohen Psychiater immer näherkam. Das Personal wurde ständig junger und hübscher.
„Bitte folgen Sie mir."
Ingo folgte der Sekretärin durch die zweite Tür des Wartezimmers, die in einen längeren Gang führte. An dessen Ende öffnete sie eine andere Tür und ließ Ingo den Vortritt.

„Nehmen Sie bitte Platz. Der Herr Professor kommt gleich."
Ingo betrat den Raum, hockte sich auf einen gepolsterten Besucherstuhl vor dem großen Schreibtisch und begann, sich umzusehen.

Das Büro des Psycho-Professors hatte gigantische Ausmaße, die Einrichtung war erwartungsgemäß sehr gediegen. An den Wänden hingen die üblichen Urkunden und vereinzelt auch Zeitungsausschnitte, die Jens-Otto Benzenfurth bei der Entgegennahme verschiedener Auszeichnungen zeigten.

Direkt hinter dem Schreibtisch zierte ein kunstvoll gerahmter Spruch die Wand: „Der Traum ist der königliche Weg zu unserer Seele."

Schon wieder Freud, dachte Ingo, als er hinter sich das Geräusch einer sich öffnenden Tür vernahm. Der Professor höchstpersönlich hatte den Raum betreten, umrundete nun wortlos seinen Schreibtisch und ließ sich in einen Sessel aus Schweinsleder fallen.

Ein Mann um die 70, schlank und ein wenig zu blass für den erfolgreichen Lebemann. Benzenfurth trug einen zerknitterten Arztkittel, wirkte ein wenig abwesend und auch etwas zerstreut. Etwa so, wie man es von Koryphäen dieser Alterskategorie erwartet.

„Guten Tag, Herr…", nuschelte Benzenfurth und schaute auf das Anmeldeformular, das seine Sekretärin auf den Schreibtisch gelegt hatte. „…Herr Schmidt. Wo fehlt es uns denn?"

Der Professor blickte Ingo nun direkt in den Augen. Zunächst ein wenig gelangweilt, dann mit plötzlichem Interesse. Fast so, als würde ihm sein Gegenüber irgendwie bekannt vorkommen. Benzenfurth legte den Kopf schief, kniff die Augen etwas zusammen und sein Blick wurde stechend.

Ingo kam es so vor, als würde er gerade hypnotisiert. Jetzt bloß nichts anmerken lassen und ins Stammeln kommen.

„Ja, ich, äh…", stammelte Ingo und fühlte sich denkbar unwohl. Hatte der erfahrene Psychiater ihn etwa jetzt schon durchschaut? Oder hatte Oberkommissar Zimmerhaus bereits Fahndungsfotos herausgegeben, an die sich Benzenfurth genau in diesem Moment erinnerte? Hatte er eine Chance, Schraubes Benz mit einem gezielten Spurt zu erreichen? Würden sie die Schranke am Kliniktor noch durchbrechen können, bevor Benzenfurth Panzersperren auffahren ließ?

Der Professor zog die Augenbrauen hoch und lächelte plötzlich. Er blickte noch einmal auf das Anmeldeformular.

„Ingo? Ingo Schmidt aus Essen?"

Ingo machte sich sprungbereit. Jetzt ging es um Sekunden. Benzenfurth lachte und schüttelte ungläubig den Kopf.

„Der kleine Ingo", rief er in dem Tonfall, mit dem sich alte Tanten entzückt über frischgeborene Babys oder besonders niedliche Hundewelpen herzumachen pflegen.

Ingo fiel zurück in seinen Sessel und machte ein dummes Gesicht. Könnte es sein, dass das gar nicht der richtige Professor war? Dass sich ein Patient aus der geschlossenen Abteilung in das Büro des Psychiaters eingeschlichen hatte und der echte Benzenfurth nun gefesselt auf der Herrentoilette lag?

Ingo blickte irritiert auf das Namensschild auf dem Schreibtisch, dann auf die Fotos an der Wand. Nein, er hatte es wohl mit dem echten Professor zu tun.

„Äh, kennen wir uns?"

„Onkel Jens!", rief der Professor und zeigte mit dem rechten Daumen auf seine Brust. „Du erinnerst dich nicht mehr, wie? Kein Wunder, ist ja auch 40 Jahre her."

Jetzt dämmerte es Ingo. „Onkel Jens", murmelte er, während sich langsam Bruchstücke aus seiner Kindheit zu einem Bild zusammensetzten.

„Onkel Jens" war in den 60er Jahren Dauergast im kleinen Häuschen seiner Eltern gewesen. Ein sehr guter Freund seines Vaters. Ein Kommilitone aus dem Medizinstudium, das die beiden erst zusammengeführt und dann wieder getrennt hatte. Ingos Vater gehörte damals bereits zu den engagierten Verfechtern der Homöopathie und damit zu den Abtrünnigen der Schulmedizin. Onkel Jens hatte eine andere Fachrichtung eingeschlagen. Psychologie.

„Du lieber Himmel. Onkel Jens!", rief Ingo, während er krampfhaft versuchte, sich auf die unerwartete Situation einzustellen. „Ich hätte Sie niemals wiedererkannt…"

„Sag ruhig du zu mir." Der Professor schien sich ehrlich über das Wiedersehen zu freuen. „Mensch Junge, erzähl mal: Wie geht es deiner Mutter?"

„Sie wohnt jetzt in Dortmund. Hat wieder geheiratet. Damals, zwei Jahre nach Vaters Tod…"

Benzenfurth nickte betrübt.

„War ein ziemlicher Schlag. Tod durch Pilzvergiftung."

Sein Gesicht hellte sich wieder auf.

„Und du? Was hast du so gemacht?"

Ingos Gehirnzellen arbeiteten auf Hochtouren. Sollte er ihm reinen Wein einschenken? Konnte man Onkel Jens überhaupt krumme Touren zutrauen?

Damals, im Hauptbad an der Steeler Straße, hatte er Ingo sogar das Schwimmen beigebracht. An Vaters Stelle, denn sein leiblicher Erzeuger bekam schon Panikattacken, wenn Mutter mit einer Wasserwelle vom Friseur kam. Ingos erste Carrera-Bahn

war ein Weihnachtsgeschenk von Onkel Jens gewesen. Konnte so jemand etwas Böses tun? Andererseits: In vierzig Jahren verändert sich jeder Mensch.
Ingo beschloss, vorerst bei seiner Tarnung zu bleiben, die zum Glück in weiten Teilen echt war. Er war heilfroh, dass sie für die Legende seinen richtigen Namen ausgewählt hatten.
„Och, nix Besonderes", begann Ingo. „Maschinenbaustudium, zweimal Heirat, zweimal Scheidung, eben das Übliche", leierte er seinen bis dahin noch authentischen Lebenslauf herunter.
„Vor ungefähr zehn Jahren bin ich dann in den Oman gegangen, um Abfüllanlagen zu bauen."
„Daher auch die gesunde Bräune", stellte Benzenfurth fest.
„Wie kann ich dir denn nun helfen?"
„Tja…wie soll ich sagen…", druckste Ingo herum und versuchte, möglichst schuldbewusst zu wirken. „Ich habe da unten natürlich viel verdient und…und einiges davon beiseite gelegt. Auf verschiedene Konten in der Schweiz. Nun habe ich ein schlechtes Gewissen…"
„…weil du immer noch deutscher Staatsbürger bist und hier keinen Cent Steuern bezahlt hast, stimmts?", folgerte Benzenfurth.
„Stimmt." Ingo nickte heftig. „Jetzt tauchen andauernd diese Steuer-CDs auf. Ich komme kaum noch in den Schlaf."
„Also eine ausgewachsene Steuerparanoia."
Benzenfurth grinste. „Gehört eigentlich nicht zu den anerkannten Psychosen. Naja, wir werden uns trotzdem etwas einfallen lassen, damit du wieder ruhig schlafen kannst."
„Wirklich?", fragte Ingo hoffnungsfroh.
„Wirklich", bestätigte Benzenfurth. „Es gibt da wunderbare Therapien. Mache nicht ich, sondern mein Oberarzt Dr. Lemke.

Ich lasse dir einen Termin in der übernächsten Woche reservieren. Früher geht es leider nicht."

Der Mann „lässt reservieren" dachte Ingo voller Respekt.

„Super. Danke."

„Keine Ursache. Aber sag Lemke nichts davon, dass wir uns von früher kennen. Sonst heißt es wieder, ich würde bestimmte Patienten bevorzugen. Irgendwann musst du mal zu uns zum Essen kommen."

Ingo schaute ihn skeptisch an.

„Keine Sorge. Es gibt weder Jägerschnitzel noch Pilzsuppe."

26.

Ingos Augenlider flatterten. Zuerst hatten sich nur seine Beine schwer angefühlt, dann erfasste die bleierne Müdigkeit den ganzen Körper. Ingo fühlte sich schlaff und willenlos. Er war kurz davor, das Bewusstsein zu verlieren. Nur gut, dass sein behandelnder Psychiater das nicht sehen konnte, weil er noch gar nicht im Raum war.

Stattdessen saß eine Assistentin von Dr. Lemke auf dem Stuhl vor ihm und langweilte ihn mit einem Vortrag, der so unterhaltsam war wie eine Vorlesung über die Verfallsdauer von Sojapudding. In der Waldklinik schien man das Thema Patientenaufklärung sehr ernst zu nehmen, denn vor der eigentlichen Behandlung stand eine ausführliche Belehrung über die Therapie sowie deren Risiken und Nebenwirkungen.

„Fragen Sie bloß nicht Ihren Arzt oder Apotheker, sonst dauert das hier noch länger", dachte Ingo und versuchte, weiterhin alles abzunicken ohne einzunicken.

„…deshalb muss die Aufklärung mündlich, persönlich und rechtzeitig erfolgen, damit der Patient über seine Entscheidung ausreichend nachdenken kann. Eine Abschrift der im Rahmen der Aufklärung und Einwilligung unterzeichneten Aufklärungsbögen ist auszuhändigen. Alles klar? Dann unterschreiben Sie bitte hier auf der punktierten Linie."

Ingo zuckte zusammen, überrascht vom plötzlichen Ende des Crashkurses in Sachen Kleingedrucktes. Er unterschrieb.

„Vielen Dank, Herr Schmidt. Wenn Sie sich bitte noch einen Moment gedulden wollen, der Doktor kommt dann gleich."

Die Assistentin stand auf und entfernte sich, um einen anderen Patienten einzuschläfern.

Ingo lehnte sich zurück, konnte sich aber nicht wirklich entspannen. Rund zwei Wochen war es her, dass er seinen staunenden Freunden bei einem Kasten Altbier ausführlich von dem überraschenden Wiedersehen mit „Onkel Jens" berichtet hatte.
„Damit haben wir schon einen Fuß in der Tür. Ich würde mich aber deutlich wohler fühlen, wenn ich dabei etwas mehr Rückendeckung hätte!"
Ingo hatte seine Kompagnons auffordernd angeblickt.
„Keine Sorge", verkündete Rüssel mit einem vielsagenden Augenzwinkern. „Ich hab da schon etwas auf der Pfanne..."
Ingo verdrehte die Augen. Rüssel hatte noch nie etwas auf der Pfanne gehabt, was nicht irgendwie angebrannt roch. Und in diesem Fall…
„Guten Tag, Herr Schmidt. Ich freue mich, Sie kennenzulernen."
Ingo schreckte hoch. Dr. Lemke hatte den Raum betreten, ohne dass er etwas davon bemerkt hätte. Ingo nahm die ausgestreckte Hand entgegen und musterte den Kittelträger interessiert. Etwa Mitte 30, groß, schlank und mit dichtem schwarzen Haar. Nein, nach Göddes Beschreibung konnte das unmöglich der ominöse Herr Jonas sein.
„Ganz meinerseits, Herr Doktor", rief Ingo und versuchte, hellwach zu wirken, was aber wohl nicht so ganz gelang.
„Haben Sie die Patientenaufklärung gut überstanden? Etwas ermüdend, nicht wahr?", meinte Lemke lächelnd, während er sich hinter seinen Schreibtisch setzte, Ingos dünne Patientenakte in die Hand nahm und darin blätterte.
„Ich denke, dass wir mit der Behandlung nach der Neujahrspause beginnen sollten", erklärte Lemke mit einem Blick auf seinen Kalender. „Ihr erster Behandlungstermin wäre dann am 13.

Januar. Heute würde ich mit Ihnen gerne einige vorbereitende Fragen klären."

Ingo nickte nur.

„Gut. Sie waren lange im Ausland und dort sehr erfolgreich?"

„Ich bin ganz gut klargekommen", übte sich Ingo in falscher Bescheidenheit.

Lemke nickte. „Jetzt kommen Sie zurück nach Deutschland und haben Probleme mit der Umstellung. Und dann wären da noch die finanziellen Altlasten."

„Hat der Professor Ihnen schon von meinem speziellen Problem berichtet?"

Lemke nickte erneut. „Ich denke, wir können Ihnen helfen. Gerade bei der Behandlung von Schuldkomplexen haben wir mit speziellen Therapien gute Erfahrungen gemacht. Flankierend dazu geben wir auch Empfehlungen für eine Optimierung der sozialen Kompetenz des Patienten."

Ingo verstand nur Bahnhof. Er zog die Augenbrauen hoch und blickte den Doktor fragend an.

„Nun, ein Schuldkomplex kann natürlich viele verschiedene Ursachen haben. Insbesondere bei begüterten Patienten liegt die Ursache oft in einem sozialen Ungleichgewicht. Sozusagen eine subjektiv empfundene Bringschuld gegenüber seinen Mitmenschen."

„Also so etwas wie ein schlechtes Gewissen?", fragte Ingo.

„Das könnte man so bezeichnen. Manche fühlen sich schuldig gegenüber einer Gesellschaft, in der es längst nicht allen so gut geht. Wir empfehlen und vermitteln daher auch Patenschaften in karitativen Projekten in Südamerika. Darüber hinaus machen wir Ihnen Vorschläge für Spenden zu Lebzeiten und in der Zeit danach."

„Der Zeit danach?", spielte Ingo den Überraschten. So langsam bekam er das Gefühl, dass hier bald eine Katze aus dem Sack gelassen werden sollte.
„Die Patienten können zu Lebzeiten für eine gute Sache aktiv werden, sie können beispielsweise aber auch eine Lebensversicherung zugunsten einer karitativen Einrichtung abschließen. Oder diese in ihrem Testament bedenken."
„Das hilft gegen Schuldkomplexe?"
„Man kann sogar sagen, dass eine solche Regelung auch dem Aufkommen neuer Schuldgefühle vorbeugt. Um mit Ihren Worten zu sprechen: Der Patient bekommt nachhaltig ein gutes Gewissen. Und die Sicherheit, dass auch nach seinem Ableben alles geregelt ist. Denken Sie nur an die oft unschönen Auseinandersetzungen, wenn es um die Aufteilung eines Erbes geht."
„Stimmt", pflichtete Ingo ihm bei. „Erben ist echt ein Job für jemand, der Vater und Mutter erschlagen hat."

27.

Rüssel hatte einige vergilbte Zeugnisse und Praktikumsbescheinigungen vorgelegt und den Posten sofort bekommen. Das ließ nur eine Schlussfolgerung zu: Es musste ein Scheißjob sein.
„Die Bettpfannen werden täglich morgens um 7 gereinigt. Und zwar pi-co-bel-lo", bestätigte sein neuer Chef die schlimmsten Befürchtungen. Arno Stumpe war Pflegedienstleiter in der geschlossenen Abteilung der Waldklinik und als solcher auch Herr über das „zuarbeitende Personal".
„Komm mit. Ich zeig dir mal, was dich in der Geschlossenen sonst noch so alles erwartet."
Rüssel stöhnte und verfluchte Gödde. Der hatte die Stellenanzeige Mitte Dezember auf der Homepage der Waldklinik entdeckt und dabei sofort daran gedacht, seinen Freund Rüssel mit dieser verantwortungsvollen Aufgabe zu betrauen. Nach Ingo sollte er der zweite Geheimagent sein, den die Happy End AG in die Klinik einschleusen würde.
Rüssel war geschüttelt, nicht gerührt.
„Das ist bestimmt nichts für mich", maulte er. „Warum machst du das denn nicht?"
„Weil ich der Einzige von uns Dreien bin, den der ominöse Herr Jonas sofort wiedererkennen würde", antwortete Gödde und war heilfroh über diese schicksalhafte Fügung.
„Facility Management Substitute Assistant - klingt doch super!", versuchte Gödde, ihm einen Job schmackhaft zu machen, bei dem er bestenfalls der stellvertretende Sklave des Hausmeisters oder des Pflegedienstleiters sein würde.
Widerwillig hatte sich Rüssel am nächsten Tag in den Bus gesetzt, war zur Klinik gefahren und hatte sich beim Personalchef

vorgestellt. Der war hocherfreut, überhaupt jemanden für diesen Posten gefunden zu haben und aktivierte seinen neuen „FMSA" gleich für den ersten Arbeitstag im neuen Jahr.
Immerhin würde der Job Gelegenheit bieten, hinter die Kulissen der Klinik zu schauen und vielleicht auch irgendwie an die Patientendateien zu kommen.
Dort vermuteten Gödde, Ingo und Rüssel nämlich Hinweise zur Klärung der Todesfälle, die ihnen einen Fensterplatz auf der Fahndungsliste beschert hatten.
Wie sich bei Rüssels Dienstbeginn im neuen Jahr schnell herausstellte, war Pflegedienstleiter Arno Stumpe für Indiskretionen aller Art wie geschaffen. Jedenfalls hatte er keinerlei Probleme, dem Neuling schon bei der ersten Führung durch die geschlossene Abteilung über einige sensible Patientendaten zu unterrichten.
„Die meisten hier beißen nicht", verriet er Rüssel, nachdem er die Tür zum geschlossenen Bereich mit einem Universalschlüssel geöffnet hatte.
„Der da rechts zum Beispiel ist Hein."
Stumpe deutete auf einen etwa 60-jährigen, der kerzengerade in einer Seemannsjacke und einer gestreiften Pyjamahose in seinem Rolli saß und sie streng anblickte.
Arno baute sich vor dem Mann auf und salutierte.
„Guten Morgen, Kapitän."
„Moin Maat Arno", antwortete der Mann zackig. „Alles fertig zum Auslaufen?"
„Aye aye, Kapitän."
„Gut. Ich laufe aus!"
Hein kniff die Augen zusammen und pieselte in die Pyjamahose, die einer von Stumpes Knechten in weiser Voraussicht mit

einer Windel in extrastarker Ausführung ausgestattet hatte.
Arno salutierte noch einmal, machte auf dem Absatz kehrt und wandte sich wieder Rüssel zu.
„Ist tatsächlich ein ehemaliger Kapitän", flüsterte Stumpe grinsend. „Hat einen Knacks bekommen, als er vor etwa zehn Jahren eine mittlere Ölpest vor Ibiza verursacht hat. Leidet unter intensiven Schuldgefühlen. Und unter Hämorrhoiden, weil er den ganzen Tag nur im Rolli hockt." Stumpe kicherte.
„Wir nennen ihn Sitzbad, den Seefahrer."
„Tröstlich", meinte Rüssel. „In seiner Sitzbadewanne ist er immer noch Kapitän."
Stumpe stutzte einen Moment und nickte dann ernst. Eigentlich war er ja derjenige, der hier die dummen Witze machte. Er öffnete den Mund zu einer Belehrung, wurde aber unterbrochen.
„Arno! Ich brauche noch Ihre Kontonummer für die Überweisung!"
Stumpe drehte sich um. Vor ihm stand ein grauhaariger Senior um die 70.
„Ja sicher, Herr Kommerzienrat. Ich schreibe Ihnen gleich alles auf." Stumpe wandte sich wieder Rüssel zu.
„Das ist Otto", flüsterte er. „Auch wegen Schuldgefühlen hier. War mal sehr wohlhabend. Ist wohl zu schnell und zu einfach reich geworden. Hat fast sein ganzes Vermögen an irgendwelche Schnorrer verschenkt. Seine Familie hat ihn dann entmündigen und hier einweisen lassen."
„Für ihn hast du doch sicher auch einen besonderen Namen, oder?", mutmaßte Rüssel.
„Sicher." Arno kicherte vorsorglich. „Wir nennen ihn den arbeitslosen Henker."
„Warum denn das?", fragte Rüssel pflichtbewusst.

„Weil er keinem etwas abschlagen kann."
Arno bekam einen lautlosen Lachanfall und schlug Rüssel sicherheitshalber auf die Schulter.
„Hahaha", simulierte Rüssel Erheiterung. Sein neuer Chef Arno war der fleischgewordene Kalauer, den man wohl oder übel über sich ergehen lassen musste. Andererseits konnte seine Geschwätzigkeit natürlich auch sehr nützlich sein.
„Dein Job ist es, hier dreimal täglich für Ordnung zu sorgen", wurde Stumpe wieder dienstlich und setzte seine Führung durch die „Geschlossene" fort.
„Unsere Patienten lassen gerne mal etwas liegen. Und etwas fallen." Er blickte Rüssel wieder grinsend an. Der verzog den Mund zu einem gequälten Lächeln.
„Ach ja", meinte Stumpe beiläufig, während er die Tür zum Aufenthaltsraum der Pfleger aufschloss. „Das Stationszimmer müsste nach der Nachtschicht auch aufgeräumt werden. Volle Aschenbecher, benutzte Kaffeetassen und so. Wäre gut, wenn du das morgens so gegen sechs machen könntest. Dann dreht die Frühschicht ihre erste Runde durch die Zimmer."
Rüssel blickte auf den Bildschirm, der auf Arnos Schreibtisch im Stationszimmer stand und vage Hoffnungen auf den Zugang zu geheimen Patientendateien versprach. Er nickte.
„Kein Problem, das ist genau meine Zeit."

28.

Eine Busfahrt durch den Essener Süden kann durchaus ihren Reiz haben. Vorausgesetzt, die Sonne ist schon aufgegangen, es regnet nicht ununterbrochen und der Fahrgast ist wach.
Der durchnässte Rüssel war gegen 5 Uhr an der Haltestelle am Bahnhof eingestiegen und nach etwa zehn Minuten auf seinem Sitz eingeschlafen. Er schnarchte so laut, dass die anderen Fahrgäste bereits auf der Ruhrallee an einer Petition an die Fahrerin arbeiteten. Die ließ sich weder von Rüssels Geschnarche noch von den lauter werdenden Protesten aus den hinteren Sitzreihen beeindrucken. Sie hatte ja schließlich ihre eigenen Möglichkeiten.
Kurz vor der Waldklinik lenkte sie den Bus mit Schwung in die Haltebucht und bremste so abrupt, dass Rüssel erst mit der Nase auf die Rückenlehne der vorderen Sitzbank und dann mit dem Kopf gegen die Seitenscheibe knallte.
„Haltestelle Waldklinik, alles aufwachen", verkündete die Seele der Verkehrsbetriebe unter dem gedämpften Beifall der anderen Fahrgäste. „Danke, dass Sie die öffentlichen Verkehrsmittel missbraucht haben."
Rüssel war noch viel zu benommen für eine angemessene Reaktion. Er taumelte zum Ausgang, murmelte „Weiterhin guten Flug, du Lenkdrachen" und wäre fast mit seiner Tasche am Bus hängen geblieben, als seine neue Freundin die Tür schloss und anfuhr.
Rüssels Stimmung war schon lange auf dem Nullpunkt, jetzt hatte sie den Minusbereich erreicht. Seit zehn Tagen schuftete er auf der „Geschlossenen", ohne dass sich irgendeine gute Gelegenheit zum Spionieren ergeben hätte.

Kopfschüttelnd passierte er das Wärterhäuschen an der Einfahrt und hielt seinen provisorischen Mitarbeiterausweis in die Höhe. Am Nebeneingang zur geschlossenen Abteilung zückte er den Zettel dann noch einmal und wartete, bis ihn der Pförtner durchwinkte.

Rüssel gähnte und nahm den Treppenaufgang zum 1. Stock. Dort befanden sich der Hausmeisterraum mit seinem Spind und allerlei Reinigungsutensilien. Die Patientenzimmer, die Gemeinschaftsräume und natürlich das Stationszimmer, dem auch heute wieder Rüssels besondere Aufmerksamkeit galt, waren von hier aus ohne weitere Sicherheitskontrollen zu erreichen. Er warf sich in seinen modischen Hausmeisterkittel und machte sich mit seinem Reinigungskarren auf den Weg. In Höhe der Fenster zum Stationszimmer verlangsamte er seine Fahrt und spähte unauffällig hinein.

Niemand da, diesmal war die Gelegenheit günstig. Rüssel schaute sich kurz nach allen Seiten um und verschwand dann in dem muffigen Raum, der nach Ende der Nachtschicht hoffnungslos zugemüllt war. Arno Stumpes Schreibtisch erinnerte stark an ihren Stammtisch im „Tropf" gegen 3 Uhr morgens. Rüssel schaltete den PC ein und blickte auf eine blinkende Eingabemaske, die ein Passwort für den Zugang verlangte. Damit war zu rechnen gewesen.

Rüssel schaute sich auf dem Schreibtisch um. Ein randvoller Aschenbecher, leere Fast Food-Packungen und eine halbvolle Colaflasche, die nach Schnaps roch.

Rechts stand ein Bilderrahmen mit einem Foto: Eine blonde Schönheit mit aufgespritzten Schmolllippen, die ziemlich gelenkig und ziemlich unbekleidet zu sein schien. Im Bildhintergrund war verschwommen ein Transparent von der „Erotik Messe

Dortmund 2005" zu erkennen. Darunter hatte jemand mit Filzstift eine Widmung auf das Fotopapier geschmiert: „Für Arno von Tatjana".

Rüssel grinste. Arno Stumpe war kein großer Denker. Und wenn er es doch einmal versuchte, dachte er vermutlich nur mit dem Schwanz. Rüssel tippte „Tatjana" in das Passwort-Eingabefeld und beobachtete, wie sich das Verzeichnis der Patientendatei aufbaute.

Er klickte den Ordner „Bestand" an. Otto, Hein und die anderen Patienten der „Geschlossenen" bildeten gemeinsam eine bunte Ansammlung von intensiven Schuldpsychosen, die sich allerdings zumindest in physischer Hinsicht bester Gesundheit erfreuten.

Rüssel scrollte das Verzeichnis weiter runter und entdeckte im Ordner „Erledigt 2007" sechs Datensätze von Patienten. Drei davon waren als geheilt entlassen worden, drei weitere hatten ihre letzten Tage in der Obhut von Arno Stumpe und seinem freundlichen Team verbracht.

Die Namen sagten Rüssel gar nichts, den mit der Entsorgung aller Leichen beauftragten Bestatter kannte er dagegen nur allzu gut. Das Beerdigungsinstitut war ein direkter Konkurrent der Happy End AG, der Gödde, Ingo und Rüssel schon oft eine Leiche vor der Nase weggeschnappt hatte.

„Ein Grund mehr, den Laden hier auffliegen zu lassen", dachte Rüssel und lehnte sich enttäuscht zurück. „Fragt sich nur wie." Die Patientendatei der geschlossenen Abteilung war jedenfalls eine Sackgasse.

Rüssel zuckte zusammen. Vom Flur her vernahm er deutlich eine bekannte Stimme.

„…und dann hatte ich ihn schon bei den Eiern. Kennst du übri-

gens den Witz von dem Mann, der sich die Kosten für die Operation an seiner Hasenscharte vom Munde abgespart hatte?"
Das nachfolgende Gekicher beseitigte jeden Zweifel: Pflegedienstleiter Arno befand sich auf dem Weg zum Stationszimmer und war kurz davor, Rüssel bei seinem unbefugten Zugriff zu erwischen.
Hastig klickte Rüssel auf den Herunterfahren-Button, schaltete den Bildschirm aus, sprang auf und fegte gekonnt einen der randvollen Metallaschenbecher vom Tisch.
Keinen Moment zu früh: Das Kippen-Konglomerat landete mit einem lauten Scheppern, das die letzten Laufgeräusche des Computers übertönte, vor Stumpes Füßen. Der stand nun mitten im Türrahmen und warf seinem vertrottelten Aushilfshausmeister einen vernichtenden Blick zu.
„Nichtraucher wie? Mannomann, das machst du jetzt aber sofort sauber. Und zwar pi-co-bel-lo!"
„Pi-co-bel-lo. Na klar!" Rüssel bemühte sich, zerknirscht zu wirken. Das war knapp gewesen.
„Wenn du hier fertig bist, melde dich auf Station 3", wies Stumpe ihn auf das nächste Highlight eines erfüllten Arbeitstages hin. „Da stimmt irgendetwas mit der Toilettenspülung nicht."

29.

Gegen 17 Uhr schlich ein ausgebeulter Hausmeisterkittel über den Gang von Station Nummer 1. Rüssels Gesicht hatte längst die graue Farbe seiner Dienstkleidung angenommen. Am Morgen war er noch davon überzeugt gewesen, nur eine Bettpfanne von der Lösung des Rätsels entfernt zu sein. Und nun?
Sein morgendlicher Besuch im Stationszimmer war zwar so gerade noch glimpflich, ansonsten aber völlig ergebnislos verlaufen.
Das bedeutete auch, dass er wieder eine neue Schicht Knochenarbeit auf der untersten Pflegediensttufe vor sich hatte. Und einen Tag mehr, an dem seine Tarnung auffliegen konnte.
Jetzt zeigte die Uhr drei Minuten vor Dienstschluss. Es galt, möglichst unbehelligt am Pflegedienstleiter vorbeizukommen. Rüssel schlich auf Zehenspitzen über den Gang. In Höhe des zweiten Fensters zum Stationszimmer hatte Stumpe ihn entdeckt.
„Eiiiin Momentchen noch", rief der Pflegedienstleiter ihm nach. Rüssel blieb stehen und fiel in sich zusammen. Er drehte sich langsam um.
„Was gibts denn noch?"
Stumpe musterte seinen müden Gehilfen. Er sah wirklich erbärmlich aus. In Stumpes Stimme mischte sich sogar so etwas wie ein Hauch von Mitleid.
„Feierabend, wie? Na gut. Aber nimm doch bitte noch diesen Karton hier mit und bring ihn zum Aktenvernichter im Erdgeschoß."
Rüssel nickte ergeben und stemmte den Karton, der zum Glück nicht sonderlich schwer war.

„Ach, und dann bitte gleich alles schreddern!"
„Muss das heute noch sein?", fragte Rüssel mit einem genervten Blick zur Decke.
„Muss sofort sein, ja. Datenschutz und so." Stumpe zuckte mit den Achseln. „Die Klinikleitung nimmt das sehr genau. Dabei sind das nur die blöden Kopien von den Anmeldeformularen aus dem letzten Jahr."
Rüssel war sofort hellwach.
„Welche Anmeldeformulare?", fragte er und bemühte sich, sein plötzliches Interesse an den betrieblichen Abläufen nicht allzu deutlich zu zeigen.
„Das kann dir doch wohl völlig egal sein", fuhr Stumpe ihn an. „Nimm den Karton und mach ´nen Abgang."
Rüssel ließ sich nicht zweimal bitten. Er machte auf dem Absatz kehrt, rief „Schönen Abend noch" und bewegte sich schnellen Schrittes zum Hausmeisterraum.
Stumpe schaute ihm missbilligend nach.
„Sieh an, sieh an", dachte er kopfschüttelnd. „Wenn es um den Feierabend geht, kommt plötzlich wieder Bewegung in meine Leute."
Im Hausmeisterraum setzte Rüssel seine Beute ab, öffnete den Kartondeckel und nahm einige Zetteln heraus.
Ein Volltreffer!
Was er noch am Morgen vergeblich gesucht hatte, war ihm soeben nachgeschmissen worden: Kopien von den Anmeldeformularen aller Patienten, die 2007 in der Waldklinik eingecheckt hatten. Zuviel, um sie an Ort und Stelle auswerten zu können.
Rüssel nahm seinen Rucksack und entleerte den Inhalt - Butterbrotdose, Thermoskanne und was man sonst noch alles für die kulinarisch hochwertige Mittagspause braucht - in seinen Spind.

Nach etwa drei Minuten hatte er alle Formulare im Rucksack verstaut.

„Die Ochsen werden staunen", dachte Rüssel auf dem Weg zur Bushaltestelle und malte sich die verblüfften Gesichter von Gödde und Ingo aus. Agent 00 hatte hervorragende Arbeit geleistet.

30.

Es waren alle da. In den erbeuteten Anmeldeformularen, die Gödde, Ingo und Rüssel noch am frühen Abend in ihrem Versteck sichteten, tauchte zunächst der Name Bruno Jakowiak auf. Dann stießen sie auf die Anmeldung von Walter Wedelberg, der Anfang 2007 in der Waldklinik in Behandlung gewesen war.
Ein weiterer Name kam Ingo bekannt vor: Walter Gutkowski.
„Gutkowski, Gutkowski", strapazierte er grübelnd sein Gedächtnis, das bekanntlich besser ausgeprägt war als das alkoholperforierte Erinnerungsvermögen seiner beiden Kumpane.
Hatte da nicht etwas im örtlichen Blättchen gestanden?
Ingo sprang auf, ging zum Tisch in der Ecke und durchsuchte den Stapel an ausgelesenen Zeitungen, die Schraube ihnen gegen eine geringe Zweitnutzungsgebühr überlassen hatte.
„Hier: Gutkowski!" Die Zeitung war mehr als eine Woche alt. Ingo las vor:

„Tod nach Fehlbehandlung?
Essen. Erich Gutkowski, Inhaber einer bekannten Haarstudio-Kette, verstarb gestern während eines Krankenhausaufenthaltes. Nach Auskunft der Klinikleitung erlag der Essener einem bisher unentdeckten Herzleiden. Dem Vernehmen nach soll die Familie des Verstorbenen allerdings Strafantrag wegen Fehlbehandlung gestellt haben, da die Todesumstände auf eine - Zitat - „unglaubliche Schlamperei" hindeuten. Demnach sei die Leiche im Röntgenraum aufgefunden worden, obwohl es zuvor keine ärztliche Anweisung für eine entsprechende Untersuchung gegeben hatte. Die Klinikleitung hat eine lückenlose Aufklärung zugesagt."

„Also noch ein C-Promi, der unter eigenartigen Umständen von uns gegangen ist", fasste Gödde zusammen.

„Alle waren wegen psychischer Probleme in der Waldklinik in Behandlung. Alle hat man vermutlich zu einer großzügigen Spende oder einer entsprechenden Erbverfügung überredet. Alle hatten reichlich Kohle."

„Nicht alle", kam Rüssels müde Stimme aus dem Hintergrund. Es hatte den letzten Stapel der Anmeldeformulare durchgesehen und war bei einem bestimmten Namen hängen geblieben: „Wilhelm Grassnick".

Wilhelm Grassnick, das war der bürgerliche Name ihres verblichenen Freundes Willi, der nach einer Pilzvergiftung das Zeitliche gesegnet hatte.

Auch seine Leiche wäre im Zweifelsfall nicht mehr greifbar gewesen, weil Rüssel sie ja nun unter völliger Missachtung des üblichen Papierkrieges zum Einäschern nach Holland gekarrt hatte.

„Wie kommt Willie zur Behandlung in eine teure Nobelklinik?", fragte Ingo verständnislos. „Der war doch nicht einmal in der Gesetzlichen, geschweige denn privat versichert."

Sie nahmen sich den Papierstapel noch einmal vor. Über den behandelnden Arzt und die Therapie gaben die Anmeldeformulare keine Auskunft, über den Kostenträger schon.

Während bei Wedelberg, Jakowiak und Gutkowski verschiedene Privatversicherer angegeben waren, stand auf Willies Zettel nur der Vermerk „VA Wallmeyer, Essen".

„VA. Das steht normalerweise für Vatikan, Vaginalanalyse oder für Versicherungsagentur", überlegte Ingo. „Ich tippe auf Versicherungsagentur."

„Ich auch", stimmte Gödde zu. „Ich sollte der VA mal auf den

Zahn fühlen. Das bringt uns zu unserer Planung für morgen."
„Ohne mich. Ich bin völlig fertig", gab Rüssel gähnend zu verstehen.
Gödde nickte. Nach dem Stand der Dinge könnte es ihren Ermittlungen kaum weiterhelfen, wenn Rüssel noch einen weiteren Tag lang Bettpfannen putzte. Aber Ingo musste wohl noch einmal ran. Der schien Gedanken lesen zu können. Er hob abwehrend die Hände.
„No way. Keine zehn Pferde bringen mich noch einmal in diesen Beklopptenbau."
„Nur noch dieses eine Mal", beharrte Gödde auf Ingos letztem Einsatz. „Mit dem, was wir bis jetzt an Indizien haben, können wir Zimmerhaus niemals von unserer Unschuld überzeugen."
„Dann sind wir unschuldig, aber tot, wie? Zumindest ich", jammerte Ingo.
„Unsinn. So wie es aussieht, werden sie versuchen, dir irgendwelche Erklärungen oder Abtretungsformulare unterzuschieben. Die nimmst du einfach mit, weil du noch Bedenkzeit brauchst. Dann haben wir schriftliche Beweise. Solange du nichts unterschrieben hast, kann dir auch nichts passieren."
Rüssel schien derselben Meinung zu sein. Er schnarchte zustimmend.

31.

„Entspannen Sie sich. Schließen Sie die Augen und hören Sie nur auf meine Stimme."

„Mumpitz", dachte Ingo, schloss die Augen und hörte nur auf Dr. Lemkes Stimme.

Er war tatsächlich entspannt. Vor einer Stunde hatte das noch ganz anders ausgesehen. Widerwillig hatte Ingo sich im Taxi zur Klinik fahren lassen, dem Fahrer seine letzten beiden Scheine in die Hand gedrückt und sich dann im Foyer angemeldet.

Ein leichtes Gefühl der Übelkeit begleitete ihn in das Wartezimmer. Mit ziemlich wackeligen Knien hatte er sich nach der freundlichen Aufforderung durch den Lautsprecher in das Behandlungszimmer begeben.

Etwas besser wurde ihm erst nach der Tasse Kaffee, die sein Therapeut eigenhändig serviert hatte. Jetzt lag er auf einer Pritsche im Behandlungszimmer und freute sich des Lebens.

„Ich werde Ihnen jetzt einige Fragen stellen, um die Ursachen Ihrer Schuldgefühle zu ergründen", verkündete Lemke mit leiser, fast einschmeichelnder Stimme.

Ingo grinste matt.

„Ja klar."

„Wie fühlen Sie sich?", begann Lemke.

„Echt super. Sagen Sie mal, Doktorchen, haben Sie mir vielleicht etwas in den Kaffee getan?"

„Das war nur ein Beruhigungsmittel. Rein pflanzlich", antwortete Lemke mit einem sanften Lächeln.

„So?", murmelte Ingo. „Na, wenn es rein pflanzlich ist..."

Die wollen mich einwickeln, aber das Zeug hat keine Wirkung, dachte Ingo euphorisch. Mit denen werde ich locker fertig.

„Sind Sie jetzt bereit, mir offen und ehrlich einige Fragen zu beantworten?"

Ingo grinste immer noch.

„Nur zu."

„Sie sagen, Sie sind im Ausland zu Geld gekommen?"

„Im Ausland?" Ingo überlegte. „Sie meinen ´77 in Lloret de Mar, als ich mit Gödde und Rüssel um Peseten gepokert…"

„Nein, das meine ich nicht", unterbrach Lemke ihn. „Es geht um Ihre Arbeit im Orient, bei der sie sehr viel Geld verdient haben."

Ingo hob mahnend den Zeigefinger und grinste wieder.

„Doktorchen, Doktorchen, Sie müssen nicht alles glauben, was die Leute erzählen."

Lemke lächelte jetzt nicht mehr.

„Aber Sie waren doch beruflich für zehn Jahre im Oman, oder?"

Ingo kicherte.

„Sag ich nicht, sag ich nicht."

„Möchten Sie noch ein Schlückchen Kaffee?"

Lemkes Stimme klang nun ausgesprochen ungeduldig. Das Therapiegespräch schien nicht zu seiner Zufriedenheit zu verlaufen. Sein „Beruhigungsmittel" wirkte, aber anders als bei den anderen Patienten.

Ingo gähnte.

„Nee, danke, bringt ja doch nix."

Lemke stand abrupt auf, ging zur Sprechanlage auf seinem Schreibtisch und drückte eine der Tasten.

„Plankenstein?"

„Ja?", kam eine Stimme aus dem Lautsprecher.

„Pentothal!"

„Sofort."

Ingo grinste den Doktor immer noch an.

„Penn total? War das jetzt eine hypnotische Anweisung? Gut. Nur noch einen Augenblick und ich penn total…"

Er kicherte wieder.

„Das möchte ich wetten", sagte Lemke grimmig und blickte hoch zu dem Pfleger, der gerade den Raum betrat. Der Zwei-Meter-Mann musste sich unter dem Türrahmen etwas bücken. Obwohl Ingo ziemlich benebelt war, erkannte er ihn sofort.

„Mensch, wenn ich gewusst hätte, dass Boris Karloff bei euch arbeitet! Kann ich ein Autogramm haben?"

Der Pfleger beachtete Ingo gar nicht. Er blickte den Doktor fragend an. Der nickte.

Plankenstein zog eine Einwegspritze aus der Tasche, entfernte die Plastikhülle von der Nadel und griff nach Ingos Arm.

„He, Frankenstein, das tut doch weh!"

Ingo reagierte ungehalten, schien aber immer noch nicht ernstlich beunruhigt zu sein, als der Pfleger ihm eine farblose Flüssigkeit in den Arm injizierte. Dann verdrehte er die Augen und fiel auf die Pritsche zurück.

„So, zur Sache!" Lemkes Stimme klang jetzt nicht mehr so sanft. „Haben Sie jemals im Oman gearbeitet?"

„Nein", flüsterte Ingo, kaum hörbar. Er hatte beide Augen geschlossen und war jetzt völlig wehrlos.

Lemke blickte fragend zu Plankenstein, der schüttelte nur ratlos den Kopf.

„Auf welche Höhe beläuft sich Ihr Vermögen?"

„Ich…ich habe…noch 55 Cent in der Tasche", antwortete Ingo.

„Ich meine, wie hoch ist Ihr Kontostand?"

„Irgendwas um…10 Euro."

Lemke runzelte die Stirn. Ihm kam ein Verdacht.

„Warum sind Sie hier?"
„Gödde und Rüssel meinten, ich…ich sollte noch einmal… herkommen. Aber nichts unterschreiben. Nur alles mitnehmen, damit…damit wir schriftliche Beweise haben."
Lemke blickte zu Plankenstein hoch.
„Ein Bulle?", fragt der Pfleger, sichtlich beunruhigt.
„Glaube ich nicht", antwortete Lemke und wandte sich wieder Ingo zu.
„Wie heißen Sie?"
„Ingo…Schmidt."
„Wo arbeiten Sie?"
„Bei der…Happy End AG."
„Happy End AG…", wiederholte Lemke nachdenklich und schaute dann wieder Plankenstein an. „Das müssen die drei Idioten sein, die für uns freundlicherweise Jakowiaks Leiche beseitigt haben. Jetzt werden sie von der Polizei gesucht und versuchen auf eigene Faust, die Morde aufzuklären."
Plankenstein nickte.
„Also lassen wir ihn verschwinden."
„Moment noch", bremste Lemke ihn. „Zuerst müssen wir auch seine Kumpane kassieren."
Er wandte sich wieder Ingo zu.
„Wo sind Ihre Kollegen?"
Ingo reagierte nicht. Lemke versuchte es noch einmal.
"Wo sind, äh…Gödde und Rüssel?"
„Bei…Schraube. Über… Lusches Werkstatt", antwortete Ingo lahm.
„Über Lusches Werkstatt, aha. Wo hat Lusche seine Werkstatt?"
„Sternstraße 75. Sonntags keine Besichtigung, nur Verkauf", murmelte Ingo. Sein Kopf fiel zur Seite fiel. Er war bewusstlos.

„Merk dir die Adresse", wies Lemke seinen Komplizen an.
„Den hier lagern wir vorerst im Keller ein. Wir brauchen einen Rollstuhl."
Plankenstein machte sich auf den Weg. Fünf Minuten später hatte er den leblosen Ingo im Rolli verstaut und schob ihn nun über den Flur Richtung Aufzug, wo Lemke bereits auf die Kabine wartete.
Die Lampe leuchtete auf, die Türen öffneten sich zischend. Lemke blickte sich nach allen Seiten um, trat in den Fahrstuhl und erstarrte.
„Gut, dass ich Sie treffe, Kollege", begrüßte Professor Benzenfurth seinen Oberarzt. „Ich brauche noch Ihren Bericht für den Kongress nächste Woche und…"
Benzenfurth stockte und blickte auf den Mann im Rollstuhl, den Pfleger Plankenstein soeben in die Fahrstuhlkabine schob.
„Aber das ist ja Ingo. Ingo Schmidt!", rief der Professor, gleichzeitig erstaunt und besorgt. „Der war doch vor ein paar Tagen noch bei mir!"
„Äh, ja…die Hypnose hat traumatische Erlebnisse aus der Kindheit wachgerufen…und einen Schockzustand ausgelöst", unternahm Lemke den schwachen Versuch, seinem Professor etwas vom Pferd zu erzählen.
Benzenfurth schaute Lemke an, als er hätte er einen Patienten aus der „Geschlossenen" vor sich.
„So ein Unsinn. Der Mann hatte ganz sicher keine traumatischen Erlebnisse in der Kindheit. Bringen Sie Herrn Schmidt in mein Büro, ich schau mir das lieber mal selbst an."
Benzenfurth beugte sich über Ingo und fühlte sein Puls.
Plankenstein sah Lemke an, der schloss die Augen und nickte.
Die große Nierenschale traf Professor Benzenfurth am Hinter-

kopf und schickte ihn in das Reich der Träume, die er so oft erfolgreich gedeutet hatte.

Diesmal sah es allerdings nach einem bösen Erwachen aus.

32.

Gödde trug einen blauen Overall, ein Baseballcappy und eine Sonnenbrille, die bei einem bedeckten Himmel mit leichtem Nieselregen keine wirklich überzeugende Tarnung bildete. Der verbeulte Kastenwagen, den er sich gegen eine geringe Gebühr von Lusche ausgeliehen hatte, fiel dagegen überhaupt nicht auf. Seit etwa einer halben Stunde hockte Gödde in der Rostlaube und beobachtete den Eingang zu dem Geschäftshaus auf der gegenüberliegenden Straßenseite. Laut Firmenschild teilte sich die Versicherungsagentur Wallmeyer ihr Büro im Erdgeschoss mit einer karitativen Einrichtung, die Waisenkinder in Südamerika unterstützte.
Gödde las einen Namen, der ihm irgendwie bekannt vorkam: „Favela Aid". Er wurde langsam unruhig.
„Noch fünf Minuten", dachte er, „dann gehe ich rüber und…"
Die Tür öffnete sich. Ein glattrasierter Mann in einen eleganten dunklen Mantel trat auf die Straße und blickte missmutig gen Himmel, bevor er die Tür zum Bürotrakt abschloss.
Der Mann kam Gödde - sagen wir - mächtig bekannt vor. Den arroganten Herrn Jonas, der bei seinen Kunden wahrscheinlich eher unter dem Namen Wallmeyer bekannt war, erkannte Gödde auch ohne seinen künstlichen Schnurrbart. Der Mann steuerte nun den Parkplatz links neben dem Haus an.
„Bingo, Ingo", murmelte Gödde und beobachtete, wie Jonas sich in eine teure Nobelkarosse setzte, den Wagen startete und sich in den Verkehr Richtung Süden einreihte.
Gödde startete den Kastenwagen, ließ zwei Fahrzeuge passieren und nahm dann die Verfolgung auf.
Jonas alias Wallmeyer fuhr zügig die Ruhrallee entlang und bog

dann rechts auf die Frankenstraße ab.
„Die Richtung stimmt genau", dachte Gödde grimmig, während er sich Mühe gab, nicht zu dicht aufzufahren.
Am Stadtwaldplatz ordnete sich Jonas links ein und nahm dann die Straße nach Heisingen. Als er nach etwa zwei Kilometern rechts abbog, fuhr Gödde an den Straßenrand und hielt den Kastenwagen an. Eine weitere Verfolgung konnte er sich sparen: Die Straße führte ausschließlich zu Benzenfurths Waldklinik.
Göddes Nervosität erreichte beunruhigende Ausmaße. Was hatte Jonas alias Wallmeyer zu diesem Zeitpunkt in der Klinik zu suchen? Ausgerechnet jetzt, wo Ingo seine Therapiestunde bei Dr. Lemke absaß?
Gödde wendete den Wagen und gab Gas. Richtung Norden.

33.

Auf dem Glasschreibtisch lagen genau 84 Euro und 75 Cent.
„Und was soll ich jetzt damit?"
Gerd the Nerd blickte zuerst verständnislos auf das Vermögen, dann auf Gödde, der in einem blauen Overall vor seinem Schreibtisch hockte und reichlich nervös wirkte.
„Das ist unser letztes Geld. Dafür musst du uns noch einmal helfen", sagte er eindringlich.
Gerd schaute ihn lange an, brummte etwas Unverständliches und nickte dann ergeben.
„Also gut. Was willst du?"
„Einen Blick in die Patientendatei der Waldklinik werfen", antwortete Gödde und gab sich Mühe seine Erleichterung nicht zu deutlich zu zeigen.
„Ziemlich anspruchsvoll", meckerte Gerd, während seine Finger schon über die Tastatur flogen. „Und das alles für 84 Euro."
„Und 75 Cent", ergänzte Gödde und fing sich einen vernichtenden Blick ein.
Nach ein paar Minuten hielt Gerd inne und grinste.
„Wer ist denn Tatjana?"
„Niemand", antwortete Gödde. „Du bist in der Datei der geschlossenen Abteilung gelandet. Wir brauchen aber die Akten der Privatpatienten von Professor Benzenfurth."
Gerd nickte und hackte weiter. Sein Gesichtsausdruck verriet sogar ein wenig Respekt.
„Welche Namen suchst du?", fragte er nach einer Weile, ohne den Blick vom Bildschirm zu nehmen.
„Walter Wedelberg, Bruno Jakowiak, Erich Gutkowski und Wilhelm Grassnick."

„Ausdruck?", fragte Gerd.
Gödde nickte. „Das wäre ganz praktisch."
Zwei Minuten später hielt Gödde Kopien der Patientenakten von vier Toten in den Händen. Vieles war für den Laien unverständliches Fachchinesisch, die wichtigsten Informationen konnte er aber entziffern.
Wedelberg hatte sich tatsächlich wegen Erektionsstörungen, Jakowiak wegen chronischer Fettleibigkeit, Gutkowski wegen psychosomatisch motivierter Essstörungen und ihr alter Freund Willie wegen Drogenproblemen in die Behandlung der Klinik begeben. Der behandelnde Arzt war in allen vier Fällen Dr. Lemke gewesen.
„Und der behandelt jetzt gerade Ingo", dachte er besorgt und blickte wieder auf die Zettel. In der Spalte „Therapie" standen bei allen Vieren nur drei Buchstaben: „MHT".
Gödde schaute Gerd fragend an.
„Was ist denn MHT?"
Gerd zuckte mit den Achseln.
„Keine Ahnung. Um das rauszubekommen, brauchst du aber vermutlich keinen Hacker."
Gerd rief eine Suchmaschine auf und gab „MHT" ein.
„Hier: MHT", verkündete er nach einigen Sekunden und las weiter.

„MHT steht für medikamentengestützte Hypnosetherapie. Das Verfahren wird zur Behandlung von psychischen Defekten eingesetzt und dient vor allem dazu, verborgene Ursachen von Schuldpsychosen zu analysieren. Der Patient wird mit Hilfe von Medikamenten und Hypnose in einen tranceähnlichen Zustand versetzt, der es dem Therapeuten erlaubt, einen ungefilterten

Einblick in die Psyche und die Erlebnisse zu bekommen, die möglicherweise ursächlich für eine Psychose sind. MHT steht seit Jahren in der Kritik, weil dabei Medikamente zum Einsatz kommen, die auch unter dem Begriff Wahrheitsserum bekannt sind. Diese Substanzen wurden und werden oft zur Manipulation bei Verhören gegen den Willen des Verhörten eingesetzt."

„Wahrheitsserum?"
Gödde spürte ein eisiges Gefühl in der Magengrube. Ingo konnte schweigen wie ein Grab, aber chemischen Kampfstoffen dieser Art war selbst er nicht gewachsen. Es gab eine Menge Wahrheiten, von denen Dr. Lemke und seine Komplizen besser nichts erfahren sollten.
Gödde sprang auf, griff nach dem Telefonhörer auf Gerds Schreibtisch und wählte Lusches Nummer. Nach drei Freizeichen meldete sich Schraubes redseliger Cousin.
„Ja?"
„Gödde hier. Gib mir Rüssel, schnell!"
Lusche entfernte sich, um Rüssel aufzuwecken. Gödde kam es wie eine Ewigkeit vor, bis sein verschlafener Kumpan sich meldete.
„Ja?", gähnte Rüssel ins Telefon.
„Ist Ingo schon aufgetaucht?", fragte Gödde.
„Bis jetzt noch nicht. Ich hab mich schon gewundert."
Gödde rechnete nach. Der Termin in der Waldklinik war um 9.30 Uhr gewesen. Jetzt war es fast 14 Uhr.
„Wir müssen Ingo da rausholen", rief Gödde. „Mach den Leichenwagen klar."
Rüssel verstand nur Bahnhof. „Aber der ist doch…"
„Ich bin in 30 Minuten bei dir. Es eilt!", fiel Gödde ihm ins

Wort und drückte auf die Trenntaste. Er sprang auf, winkte dem verdutzten Gerd kurz zu und spurtete zum Ausgang.
Die Zeit war knapp. Und er musste ja noch etwas besorgen.

34.

Bei dem Professor wurden Erinnerungen an seine Zeit als Oberarzt wach. Kopfschmerzen dieser Intensität hatte er zuletzt vor etwa 30 Jahren nach einem Kongress nebst abendlicher Besichtigung der Reeperbahn in Hamburg verspürt.

Mühsam richtete Benzenfurth sich auf und versuchte, einen klaren Kopf zu bekommen. Richtig, da war der Fahrstuhl gewesen…und Lemke… und Ingo Schmidt im Rolli…und ein dumpfer Knall…und dann nichts mehr.

Der Professor fasste sich an die Stelle, die er im Moment am intensivsten spürte. Am Hinterkopf konnte er deutlich eine große Beule ertasten.

Er sah sich um und versuchte, den Kopf dabei nicht allzu ruckartig zu bewegen. Der Raum lag im Halbdunkel, nur durch einen Fensterschlitz kam etwas Licht.

Benzenfurth wollte aufstehen und stützte sich dabei an der Wand ab. Die gab nach und der Professor fiel zurück in seine Ausgangsposition.

„Mein Tastsinn muss etwas abgekriegt haben", dachte er benommen. „Die Wand fühlt sich an wie Watte."

Der Professor arbeitete sich weiter vorwärts. Die Wand war überall angenehm weich.

„Wie eine Gummizelle!", schoss es Benzenfurth durch den Kopf. Das mussten die alten Isolierzellen im Keller sein. Irgendwer hatte ihn betäubt und in den untersten Trakt der Klinik verschleppt, der seit Jahrzehnten nicht mehr benutzt wurde.

Benzenfurth vernahm ein Stöhnen. Erst jetzt wurde ihm klar, dass er nicht allein war.

Auf der Pritsche gegenüber zeichneten sich die Umrisse eines

Mannes ab, der sich jetzt langsam bewegte.

Der Professor trat näher. Ingo öffnete die Augen und schaute Benzenfurth mit glasigem Blick direkt an, erkannte ihn aber offensichtlich nicht.

Benzenfurth begann, seine Wange zu tätscheln. Ingo schüttelte den Kopf und hob langsam die rechte Hand.

„Nicht…nicht mehr hauen", lallte er.

„Ingo, Junge, was haben sie dir denn verpasst?"

„Be...Beruhigungsmittel…Penn total."

„Pentothal? Das hatte ich doch strengstens verboten. Was ist hier eigentlich los?"

Ingo hob den Kopf, brachte aber für eine ganze Weile noch keinen Ton heraus.

Dann nuschelte er: „Lemke…und Jonas…und Plankenstein… lassen eure Patienten…verschwinden."

Der Professor schüttelte ungläubig den Kopf.

„Wozu denn das?"

„Weil auch andere etwas für Luxus übrig haben, Benzi!"

Benzenfurth fuhr herum und wurde schmerzhaft daran erinnert, dass man mit einem malträtierten Schädel keine ruckartigen Bewegungen machen sollte. Er fasste sich wieder an den Kopf.

Dr. Lemke hatte den Raum betreten, gefolgt von Pfleger Plankenstein und diesem schleimig-arroganten Vertreter der Südamerika-Stiftung, die Lemke vor ein paar Jahren im Namen der Klinik eingerichtet hatte.

Von der respektvollen Unterwürfigkeit, mit der sie dem Professor zuvor stets begegnet waren, fehlte jetzt jede Spur. Lemke und Wallmeyer grinsten höhnisch. Lemke hielt eine Pistole in der Hand.

„Hinsetzen", befahl er und deutete mit der Waffe auf den Pro-

fessor. Der ließ sich überrascht auf die Pritsche fallen.
„Was soll denn das?", rief Benzenfurth empört. „Was ist das überhaupt für ein Ton?"
Lemke grinste nun nicht mehr. Er trat näher an die Pritsche heran und hielt seine Waffe direkt an Benzenfurths Stirn.
„Pardon, lieber Herr Professor. Ich wollte Sie eigentlich nur bitten, meine Diagnose zu bestätigen: Irreversible Amnesie durch großflächige Perforation des Großhirns."
Benzenfurth gab sich Mühe, nicht die Fassung zu verlieren.
„Lemke, seien Sie vernünftig. Wir können doch über alles reden…"
„Schwachsinn", fuhr Lemke ihn wütend an, nahm aber den Revolver wieder von seiner Stirn. „Das wäre alles nicht nötig gewesen, wenn sich jeder nur um seinen eigenen Kram gekümmert hätte."
Lemke deutete auf Ingo. „Und wenn dieser Idiot und seine Freunde nicht versucht hätten, Detektiv zu spielen. Jetzt wird es leider noch ein paar tragische Unfälle mehr geben."
Ingo hatte sich etwas aufgerichtet.
„Meine Freunde…wissen…wo…ich bin", stöhnte er wahrheitsgemäß. Das Pentothal tat wohl immer noch seine Wirkung.
„Ach ja? Danke, dass du mich daran erinnert hast."
Lemke wandte sich Plankenstein zu.
„Die Adresse hast du ja. Du weißt, was zu tun ist."
Plankenstein nickte und machte sich auf dem Weg.
„Nun zu euch", zischte Lemke, richtete seine Kanone auf Ingo und spannte den Hahn.
„Nicht so eilig!" Wallmeyer legte die Hand vorsichtig auf Lemkes Arm, zog ihn zum Zellenausgang und begann, leise auf ihn einzureden.

Lemke hörte zu. Zuerst widerwillig, dann skeptisch, dann einsichtig. Es war ein Fehler gewesen, Plankenstein mitsamt seiner lautlosen Spritze wegzuschicken. Eine Kugel machte viel Lärm. Das war jetzt einfach zu riskant.

Lemke überlegte: Die Zellen waren ausbruchssicher. Mit dem Aufzug konnte man nicht ohne weiteres in den Keller gelangen, denn die Taste mit dem „K" war auf dem Bedienfeld durch ein Schloss gesichert. Dazu gab es in der ganzen Waldklinik nur noch einen einzigen Schlüssel, und der hing rein zufällig an Lemkes Schlüsselbund.

Der Keller war ansonsten nur noch über ein kleines Treppenhaus zugänglich, das seit Umbauarbeiten in den 90er Jahren zum erweiterten Küchentrakt gehörte.

Der Zugang wurde vom Küchenbullen seit Jahren als Vorratskammer genutzt und galt allgemein als unpassierbar. Es war also höchst unwahrscheinlich, dass jemand diesen Trakt in den nächsten Wochen oder Monaten betreten würde.

„Vermutlich werden die beiden hier unten - sagen wir - einfach verhungern. Falls sie nicht vorher - sagen wir - schon verdurstet sind", flüsterte Wallmeyer alias Jonas ihm zu.

Lemke nickte. Um die beiden anderen Mitwisser würde sich Plankenstein schon kümmern. Bevor die Polizei auch nur Verdacht schöpfte, konnten er und Wallmeyer schon in Südamerika sein. Wenn sie sich jetzt schnell aus dem Staub machten, würde sich auch das Problem Plankenstein von selbst erledigen.

Lemke nickte Wallmeyer zu und deutete mit dem Kopf auf den Ausgang. Bevor er die Zellentür schloss und verriegelte, winkte er Benzenfurth und Ingo noch einmal zu.

„Mein Herren, ich hoffe, Sie genießen den Aufenthalt."

35.

Mit quietschenden Reifen bog Gödde in die Zufahrt zu Lusches Werkstatt ein. Vor dem Gebäude stand der stark verstaubte Leichenwagen. Rüssel hatte die Karre startklar gemacht, war selbst aber noch nicht in Sicht.

Gödde bremste den Kastenwagen ab, betätigte den Rückwärtsgang und parkte so ein, dass die Fahrzeuge Heck an Heck standen.

Er stieg aus, öffnete beide Heckklappen und lud seine Geheimwaffe vom Kastenwagen in den Leichenwagen um. Dann lief er in die Werkstatt und nahm auf der Treppe zu ihrem Versteck je drei Stufen gleichzeitig.

Oben verrieten markante Geräusche, dass Rüssel sich gerade im Bad befand.

„Komm vom Topf runter, es geht um Leben und Tod", rief Gödde, während er zum Schrank lief und sich an Ingos Klamotten zu schaffen machte.

„Hier auch", stöhnte Rüssel, betätigte aber kurz danach die Spülung und erschien im Türrahmen. Offensichtlich hatte er es überlebt.

„Was ist denn los?"

„Beweg dich", rief Gödde ihm zu, „ich erkläre dir alles unterwegs."

36.

„Wie wir vermutet hatten: Dr. Lemke überredet seine begüterten Patienten dazu, eine vermeintlich karitative Einrichtung in Südamerika in ihrem Testament zu bedenken."
Gödde war inzwischen auf die Hafenstraße abgebogen und fuhr nun mit Vollgas Richtung Süden.
„Was du nicht sagst", meinte Rüssel genervt und klammerte sich am Haltegriff des Wagens fest, den Gödde gerade ohne einen nennenswerten Einsatz der Bremse in eine Rechtskurve gelegt hatte.
„Das wussten wir doch schon! Wenn es sein muss, kann Ingo lügen wie gedruckt. Er war schließlich zweimal verheiratet. Wozu jetzt dieser Alarmstart?"
„Weil Lemke bei seiner Therapie nicht nur seine Überzeugungskraft, sondern vor allem eine Mischung aus Hypnose und Injektionen mit verbotenen Medikamenten einsetzt."
„Autsch", machte Rüssel. „Etwa so etwas wie ein Wahrheitsserum?"
Gödde nickte. „Genau das."
„Aber welche Rolle spielt denn nun dieser Herr Jonas?"
„Jonas ist eigentlich ein Versicherungsagent namens Wallmeyer. Wenn Lemkes Patienten nichts zu vererben haben - wie in Willies Fall – werden sie zum Abschluss einer Lebensversicherung genötigt. Wallmeyer kassiert dann den Erlös aus den frisierten Versicherungspolicen zum größten Teil selbst und speist die Angehörigen mit einem Butterbrot ab."
„Siehe Jasmin!", erinnerte sich Rüssel an den Besuch von Willies Lebensgefährtin in ihrem Büro.
Gödde nickte bestätigend.

„Das Geld aus den erschwindelten Erbschaften und den Lebensversicherungen geht dann tatsächlich auf ein Konto in Südamerika, aber das gehört mit Sicherheit keiner karitativen Einrichtung."

„Wahrscheinlich ist die Favela Aid sowieso ein reines Fantasieprodukt", vermutete Rüssel und klammerte sich wieder an den Haltegriff, weil Gödde gerade ohne Rücksicht auf eventuelle Vorfahrtsregeln auf die Bottroper Straße abgebogen war.

Gödde nickte wieder.

„Es muss da noch mindestens einen dritten Komplizen geben, der die Patienten dann endgültig von ihren Schuldkomplexen befreit. Ich glaube nicht, dass Lemke oder Wallmeyer die Drecksarbeit selbst erledigen."

„Eine ganze Bande also." Rüssel klang extrem besorgt. „Und die haben jetzt Ingo in der Mache."

„Deshalb müssen wir ihn da raushauen", gab sich Gödde kriegerisch.

„Genau!", bestätigte Rüssel mit grimmiger Entschlossenheit. „Aber...sag mal...müssen wir das in unserer eigenen Karre tun? Ich möchte deinen Schwung nicht bremsen, aber der Wagen steht auf der Fahndungsliste. Wenn uns unterwegs die Bullen entdecken, werden sie uns Begleitschutz mit Blaulicht und Sirene geben."

„Genau das will ich ja", verriet Gödde. „Das ist die einzige Möglichkeit, Zimmerhaus und Co. noch rechtzeitig zu einem Besuch in der Waldklinik zu bewegen. Mit langen Erklärungen können wir uns jetzt nicht aufhalten. Die würden uns auch gar nicht glauben."

Rüssel nickte. So gesehen hatte Gödde natürlich Recht. Trotzdem schien der Plan nicht ganz aufzugehen. Sie hatten bisher jede Kurve auf zwei Reifen genommen und nun mit fast 100 Sachen die Uni und die City passiert, aber niemand schien sich dafür zu interessieren.

Wo war die Polizei, wenn man sie wirklich brauchte? Auch auf der Alfredstraße war weit und breit kein Streifenwagen zu sehen.

„Da hilft nur noch eins", meinte Gödde. Er bremste den Wagen etwas ab, bog rechts in die Zweigertstraße ein und steuerte nun mit Vollgas direkt auf das Polizeipräsidium zu.

Aus etwa 50 Metern Entfernung konnten sie einen Streifenwagen und zwei Beamte ausmachen, die offensichtlich kurz davor waren, in ihr Fahrzeug einzusteigen.

Mit quietschenden Reifen nahm Gödde eine Linkskurve und legte kurz vor dem Präsidiumsparkplatz eine Vollbremsung hin, die bei jedem Stockcar-Rennen für Aufsehen gesorgt hätte.

Nicht so bei den beiden Uniformierten. Einer schüttelte missbilligend den Kopf, der andere machte eine Handbewegung, die die beiden Verkehrsteilnehmer im Leichenwagen offensichtlich zu einer rücksichtsvolleren Fahrweise bewegen sollte.

Gödde blieb nichts anderes übrig, als einen Gang zuzulegen. Er ließ den Motor im Leerlauf aufheulen und hupte im Akkord, während Rüssel den Beamten zuwinkte und Grimassen schnitt. Die beiden Streifenpolizisten ließen sich nicht aus der Ruhe bringen. Nummer eins schüttelte noch einmal den Kopf und legte den Zeigefinger auf seine Lippen, die sich zu einen lautlosen „Pst" formierten.

Gödde stellte das Hupen und Rüssel das Winken ein. Sie schauten sich an, nickten gleichzeitig und hoben dann synchron die rechte Hand mit dem ausgestreckten Mittelfinger. Das wirkte. Die Freunde und Helfer wechselten erst die Gesichtsfarbe und

dann nahtlos in den Ordnungsmacht-Modus. Sie setzten ihre Mützen auf und bewegten sich nun entschlossen auf den Leichenwagen zu. Höchste Zeit für Gödde, Gas zu geben und wieder den Weg zur Waldklinik einzuschlagen.
Sie passierten die Alfredstraße so gerade noch bei Grün und ließen sich in Höhe der Rüttenscheider Straße auch von einer tiefroten Ampel nicht aufhalten.
Als der Leichenwagen mit etwa 80 Sachen rechts in die Wittenbergstraße abbog, waren schon zwei Streifenwagen mit Blaulicht und Sirene hinter ihnen her. Gefolgt von einem zivilen Fahrzeug, an dessen Beifahrertür Rüssel deutlich einen markanten Lackschaden ausmachen konnte.
„Zimmerhaus kommt auch zur Party", verkündete er und klammerte sich wieder am Haltegriff fest.
„Na also. Warum denn nicht gleich so?", wunderte sich Gödde, während er am Stadtwaldplatz eine weitere Ampel bei Rot nahm.
Rüssel blieb skeptisch. „Wie willst du Ingo denn jetzt auf die Schnelle finden? Der Bau ist riesengroß!"
„Mit einer feinen Nase. Kuck mal nach hinten!"
Rüssel drehte den Kopf in Richtung Ladefläche. Genau darauf hatte Hermann schon die ganze Zeit gewartet. Er sprang auf, fuhr seine gigantische Zunge aus und leckte Rüssel vom Kinn bis zur Stirn über das Gesicht.
„Bäääh. Hermann, du Ferkel!", rief Rüssel angewidert, während er in seiner Hosentasche nach einem Papiertaschentuch kramte und sich dann Gödde zuwandte.
„Was zum Teufel hat die Töle hier zu suchen?"
„Hermann wird Ingo für uns finden", erklärte Gödde und gab weiter Vollgas. „Ein exzellenter Spürhund."

„Ach ja?" Rüssel schien immer noch ein wenig skeptisch zu sein. „Und wie soll dein *Spürhund* die Witterung aufnehmen?"
„Damit!", rief Gödde und zog eine von Ingos modischen Socken aus der Brusttasche seines Overalls. „Den halten wir Hermann unter die Nase." Gödde blickte besorgt in den Außenspiegel. „Vorausgesetzt, Zimmerhaus und seine Freunde holen uns nicht vorher noch ein."
„Die Bullen machen mir keine Sorgen", meinte Rüssel, während er angewidert auf Ingos benutzten Socken blickte. „Aber mit dem Tierschutzverein werden wir mächtig Ärger bekommen."
Kurz vor dem Abzweig zur Waldklinik machte die Straße eine Linksbiegung. Für einen kurzen Moment waren sie für die Polizeiwagen, die ihnen in höchstens 100 Meter Entfernung folgten, außer Sicht. Gödde kam gekonnt aus der Kurve, nahm den Abzweig zur Waldklinik fast ungebremst und rasierte ein paar Begrenzungspfähle ab.
Wie erhofft rasten ihre Verfolger an der Zufahrtsstraße vorbei. Im Außenspiegel konnte Rüssel allerdings beobachten, dass sie ihren kleinen Irrtum schnell bemerkt hatten und wendeten. Gödde atmete durch. Immerhin hatte ihnen das Manöver ein paar weitere Sekunden Vorsprung eingebracht.
„Lass *mich* mit dem Pförtner reden, den kenne ich", meinte Rüssel, als das Einfahrtstor der Klinik in Sicht kam.
„Prima. Soll ich euch in der Zwischenzeit einen Kaffee holen?" Gödde blieb auf dem Gas. Mit einem lauten Krachen zerlegte der Leichenwagen die Schranke in ihre Bestandteile.
„Das wird teuer", stöhnte Rüssel, nachdem er die Hände wieder von den Augen genommen hatte. „Fahr zum Nebeneingang auf der rechten Seite. Der Pförtner der geschlossenen Abteilung ist

eine Schnarchnase. Der hält uns bestimmt nicht auf."
„Niemand hält uns auf!", stellte Gödde entschlossen fest.
Er umfuhr das riesige Blumenrondell vor dem Eingang, bog vor dem Gebäude rechts ab und stieg nach ein paar Metern in die Eisen. Der Leichenwagen zog eine meterlange Bremsspur und kam genau vor dem Nebeneingang zum Stehen.
Gödde und Rüssel sprangen heraus. Gödde öffnete die Seitentür, hielt Hermann Ingos Socken unter die Nase und befahl „Such!"
Hermann schüttelte sich kurz, sprang aus dem Wagen und fegte los.
„Es funktioniert!", rief Gödde, der selbst am meisten überrascht war. Er spurtete hinter Hermann her, dicht gefolgt von Rüssel. Der Pförtner im Glaskasten am Eingang machte nur einen schwachen Versuch, das Trio aufzuhalten. Er war mehr auf Ausbrecher als auf Eindringlinge programmiert.
„Halt..."
„...die Klappe", ergänzte Rüssel keuchend und spurtete an ihm vorbei.
Hermann schien genau zu wissen, wo Ingo steckte.
„Meine Ausbildung", dachte Gödde stolz. Sein schlauer Hund fegte mit schlafwandlerischer Sicherheit durch das langgestreckte Gebäude, bog vor dem Aufzug links ab und verschwand dann durch eine Pendeltür auf der rechten Seite.
Gödde und Rüssel hatten Mühe, ihm zu folgen.
Vor der Pendeltür bremsten sie ihren Spurt mit quietschenden Sohlen ab, stürmten fast gleichzeitig durch den Eingang und wurden von einem appetitlichen Zwiebelgeruch empfangen.
Sie waren in der Küche, wo Chefkoch Markus Müller gerade das Abendessen für die Klinikpatienten vorbereitete. Der

Küchenbulle hielt ein großes Tablett mit rohen Lammkotelets hoch und versuchte nun, diese vor Hermanns Zugriff zu retten. Müller mochte Tiere, aber nur im filetierten Zustand. Dass der Hund nun bellend an ihm hochsprang, schien ihm nicht sonderlich zu behagen.

„Spürhund, wie?", keuchte Rüssel und warf seinem „Hundeexperten" einen vernichtenden Blick zu.

Gödde zuckte etwas verlegen mit den Achseln.

„Der Versuch war es doch wert, oder?"

Die Pendeltür wurde wieder aufgestoßen.

„Hände hoch", rief der Beamte, der als erster von insgesamt vier Uniformierten in den Raum stürmte.

„Höher kann ich nicht!", stammelte Chefkoch Müller verzweifelt. Er hielt das Tablett mit den Lammkoteletts nun mit ausgestreckten Armen über seinen Kopf und vollführte dabei eine Art Spitzentanz, der in jeder Kochshow für tosenden Beifall gesorgt hätte. Hermann ließ einfach nicht locker.

„Sie doch nicht!", rief der Beamte entnervt. Er zog ein Paar Handschellen aus dem Gürtel, streifte die eine Seite über Göddes erhobene linke Hand und verzierte Rüssels rechtes Handgelenk mit der anderen Seite.

Die Pendeltür wurde wieder aufgestoßen.

„Entzückend", vernahmen Gödde und Rüssel eine vertraute Stimme.

Gödde drehte sich um, wobei er sich dank der Handschellen hoffnungslos mit Rüssels Arm verhedderte.

„Zimmerhaus, dich schickt der Himmel. Sie haben Ingo. Du musst uns helfen."

„Ich werde euch schon helfen!", rief der Oberkommissar grimmig.

„Könnten Sie vorher vielleicht *mir* helfen und den Hund entfernen?", flehte Küchenchef Müller verzweifelt.
Er stand immer noch mit erhobenem Kotelett-Tablett vor Hermann, der ihn erwartungsvoll anstarrte und dabei mit dem Schwanz wedelte.
„Meier", wies Zimmerhaus einen der Uniformierten an, „bringen Sie den Hund weg."
Der Polizeiobermeister nickte und machte einige Schritte auf Hermann zu. Der spürte instinktiv, dass er kurz vor seiner Verhaftung stand. Er bellte Meier zweimal an, machte auf der Pfote kehrt und verschwand im Hundegalopp im hinteren Teil der Küche.
Meier schaute Zimmerhaus fragend an.
„Worauf warten Sie denn noch? Hinterher!"
Meier nickte diensteifrig und setzte sich in Bewegung.
Mittlerweile hatte sich eine ansehnliche Zahl von Menschen am Tatort versammelt. Die halbe Belegschaft der Klinik drängte neugierig in die Küche, darunter auch Pflegedienstleiter Arno Stumpe.
Der stutzte, als er Rüssel mit seiner neuen Armbereifung erblickte. Stumpe baute sich vor ihm auf.
„Warum sind wir denn heute Morgen nicht zur Arbeit erschienen, hä?", fragte er lauernd und deutete auf die Handschellen.
„Deshalb vielleicht?"
„Kennen Sie den Mann?", fragte Zimmerhaus stirnrunzelnd.
„Den?", meinte Stumpe verständnislos. „Natürlich! Der ist bei uns für die Bettpfannen zuständig."
Zimmerhaus wusste nicht, ob er lachen oder weinen sollte. Jedenfalls verstand er jetzt gar nichts mehr.
„Zimmerhaus", rief Gödde fast flehend, „hör mir bitte einen

Moment lang zu. Wir sind unschuldig. Die Morde an Wedelberg, Jakowiak und den Anderen haben alle etwas mit dieser Klinik zu tun. Ingo wird hier irgendwo im Haus festgehalten. Und er ist in Lebensgefahr. Findet ihn, alles andere wird sich dann aufklären."
Zimmerhaus schüttelte den Kopf.
„Entzückend. Wenn ihr unschuldig seid, warum müssen wir dann monatelang nach euch Idioten fahnden? Euren Komplizen Kissenkötter haben wir schon kassiert. *Der* hat uns vielleicht eine Geschichte aufgetischt… Wenn ihr mich jetzt auch noch verarschen wollt, lernt ihr mich kennen!"
Gödde schüttelte verzweifelt den Kopf.
„Zimmerhaus, hör mir zu. Wir…"
Der Lärm aus dem hinteren Teil der Küche unterbrach ihn. Hermann tauchte aus der Tiefe des Küchentrakts wieder auf und zog Meier hinter sich her. Der Polizeiobermeister war ziemlich außer Atem. Er hatte Hermann eingefangen und mit seinem Gürtel angeleint. Mit der linken Hand hielt er seine Hose fest.
„Warum hat das denn so lange gedauert?", fuhr Zimmerhaus ihn an.
„Der Hund ist…ist mir entwischt", keuchte Meier und klopfte sich etwas Staub von der Uniform.
„Bis in den Keller…bin ich dem Vieh nachgelaufen. Da unten hat sich die Töle aufgeführt, als hätte sie die Tollwut. Ist ja auch kein Wunder, bei dem Krach, den die Irren da unten machen."
„Welche Irren?", fragte Stumpe entgeistert.
„Na, die im Keller!", antwortete Meier. „Die brüllen wie am Spieß und hämmern gegen die Zellentür."
Stumpe schüttelte den Kopf.
„Da unten gibt es schon lange keine Irren mehr. Der Zellentrakt

im Keller ist seit fast 30 Jahren stillgelegt."
Gödde und Rüssel blickten Zimmerhaus auffordernd an. Der kratzte sich irritiert am Hinterkopf und zuckte dann mit den Achseln.
„Na schön. Schauen wir mal nach."

37.

Präsident Kissenkötter hatte es tatsächlich getan. Die Sambatruppe, die in ultraknappen Kostümen den Rosenmontagszug 2008 anführte, rekrutierte sich ausschließlich aus der Seniorentanzgruppe der „KG In Vino Veritas e.V." und wies somit ein Durchschnittsalter von etwa 70 auf.

Wie auch immer man über den ästhetischen Gesichtspunkt der Darbietung denken mochte, die tänzerische Leistung der alten Damen und Herren konnte sich durchaus sehen lassen. Und sie selber hatten sichtlich ihren Spaß daran. Genau wie Gödde, Ingo und Rüssel, die bestens gelaunt mit je einem großen Plastikbecher Altbier am Straßenrand standen. Sie waren völlig pleite, aber immerhin voll rehabilitiert. Und sie hatten nun sogar gute Aussichten auf die 5.000 Euro, die für den entscheidenden Hinweis im Fall Wedelberg als Belohnung ausgesetzt waren. Die wahren Täter waren ja schließlich schon vor fast drei Wochen dingfest gemacht worden.

Zimmerhaus und seine Truppe hatten Ingo und den Professor aus dem Keller der Waldklinik befreit und waren danach zur Fahndung nach Lemke, Wallmeyer und Plankenstein ausgeschwärmt. Unter den Privatadressen der Tatverdächtigen fanden die Polizisten niemanden mehr vor, aber am Düsseldorfer Flughafen wurden die Fahnder dann noch am selben Tag fündig. Die Passagiere Lemke und Wallmeyer mussten ihren Abflug nach Südamerika um - sagen wir - 20 Jahre verschieben. Noch am Check-In-Schalter verpasste Zimmerhaus ihnen den Armschmuck, den er kurz zuvor eigentlich Gödde, Ingo und Rüssel zugedacht hatte.

Nur von Plankenstein fehlte jede Spur.

„Etwas verstehe ich immer noch nicht so ganz", meinte Rita, die ebenfalls am Rande des Karnevalszuges stand und den ganzen Fall in der Zeitung mitverfolgt hatte. Von ihrem Ex war sie mit verschiedenen Insider-Informationen versorgt worden. „Warum musste Jakowiaks Leiche unbedingt verschwinden?"
„Natürlich sollte das Ableben der großzügigen Spender so gestaltet werden, dass erst gar kein Verdacht auf die Psychoklinik fallen konnte", erklärte Gödde. „Als behandelnder Psychiater kannte Lemke auch den physischen Zustand seiner Patienten ganz gut. Jakowiak und Gutkowski waren aufgrund ihrer Ess- und Lebensgewohnheiten ideale Kandidaten für einen Herzinfarkt, den Plankenstein dann mit einer gezielten Injektion herbeiführte. Bei Willie war irgendeine Form vom Drogenmissbrauch eine nachvollziehbare Todesursache. Wedelberg war für sein Alter körperlich ausgesprochen gut in Form..."
„...von seiner gelegentlichen Lendenlähmung einmal abgesehen", fiel Rita ihm ins Wort und grinste gemein.
Gödde rollte mit den Augen. Frauen dachten doch immer nur an das Eine.
„...ansonsten war er jedenfalls gut in Form, also schien ein fingierter Mordanschlag auf die erklärte Chauvi-Sau die beste Lösung zu sein, um jeden Verdacht von der Klinik abzulenken."
„Das hätte ja auch fast alles geklappt...", meinte Rita nachdenklich.
„...bis das Schicksal in Gestalt unseres liebeskranken Doktors eingriff", fuhr Gödde fort. „Kemmerling war nach dem Hoppeditzerwachen mit einem älteren Tanzmariechen verabredet und daher rein zufällig vor Ort. Als er Brunos Leiche auf der Bühne untersuchte, entdeckte er einen frischen Einstich in der Brust. Von Kissenkötter erfuhr er, dass Jakowiak Diabetes hatte."

„…also stand seine Diagnose fest: Tod durch eine zu hohe Dosis Insulin", folgerte Rita. „War das nicht etwas schlampig?"
„Mag sein", nahm Gödde seinen alten Schulfreund in Schutz. „Aber er war ja auch in Eile. Hinter der Bühne wartete schließlich noch sein Tanzmariechen."
Rita rollte mit den Augen. Männer dachten doch immer nur an das Eine.
Gödde fuhr fort. „Als Lemke von Kemmerlings spontaner Fehldiagnose erfuhr, geriet er ein wenig in Panik. Er musste damit rechnen, dass sich die Kripo früher oder später mit Jakowiaks Hausarzt in Verbindung setzen würde…"
„…was dann ja auch geschah…", ergänzte Rita.
„…dort von Brunos Zustand und den feinen Unterschieden zwischen Diabetes Typ 1 und Typ 2 erfuhr…"
„…was dann ja auch geschah…"
„…und sich Brunos Leiche bei einer gründlichen Obduktion dann doch noch etwas genauer anschauen wollte."
„…was ja dann nicht mehr möglich war", stellte Rita fest. „Dank eurer Hilfe."
„Wir brauchten das Geld", versuchte Gödde es mit einer Entschuldigung. „Der eigentliche Witz an der Sache ist, dass sich Lemke und Wallmeyer die Einäscherungs-Aktion besser gespart hätten. Hätte die Polizei Brunos unversehrte Leiche ausgraben und untersuchen können, wäre damit ja nur die wahre Todesursache festgestellt worden: Ein Herzinfarkt, der per Injektion künstlich herbeigeführt worden war. Wie bei Wedelberg."
Rita nickte. „Und das hätte zuerst einmal nur den Verdacht gegen Kemmerling bestätigt."
„Genau", meinte Gödde. „Dass Kemmerling bereits als Täter gehandelt wurde, wussten Lemke und Co. zu diesem Zeitpunkt

aber noch nicht. Also fingierten sie ein Schreiben mit Brunos angeblichen letzten Willen, ließen seine Leiche - mit unserer Hilfe - verschwinden und waren damit vorerst auf der sicheren Seite. Aber sie haben ihre Rechnung ohne die Happy End AG gemacht. Und natürlich ohne Hermann."

Gödde lächelte und tätschelte den behaarten Schädel seines Spürhundes. Hermann war nach seinem Einsatz in der Klinik zum Polizeihund ehrenhalber ernannt worden und mit Leckerchen überschüttet worden, wobei ihn Letzteres weit mehr beeindruckt hatte. Jetzt saß er am Straßenrand und verfolgte aufmerksam das Zuggeschehen, denn neuerdings wurden neben Kamellen auch kleine Salami-Snacks geworfen.

Für die Zeitungen waren Hermann und natürlich der frisch beförderte Hauptkommissar Zimmerhaus die Helden des Tages. Der erfahrene Kriminalist hatte eine der spektakulärsten Mordserien der Stadt aufgedeckt und fast alle Täter gefasst.

Dank Zimmerhaus wurde die Happy End AG im Polizeibericht mit keinem Wort erwähnt, was Gödde, Ingo und Rüssel unter den gegebenen Umständen ganz recht war.

Göddes Amokfahrt vom Präsidium zur Klinik konnte der Hauptkommissar allerdings nicht unter den Tisch fallen lassen, denn dabei hatte es zu viele Zeugen von der Abteilung Verkehrspolizei gegeben. Göddes Führerschein war also auch futsch, womit die gesamte „Happy End AG" nur noch über eine einzige Fahrerlaubnis verfügte.

Gödde interessierte das im Moment nur mäßig, denn er würde heute sowieso keinen Wagen mehr steuern können. Außerdem musste er gerade noch ein anderes Problem lösen. Ingo, Rüssel und er hatten ihren wiedergewonnenen Legalitäts-Status schon seit dem frühen Vormittag kräftig begossen, jetzt machte sich der Altbierkonsum im Blasenbereich bemerkbar. Gödde winkte Rita kurz zu und machte sich auf den Weg zu dem Toilettenwagen, den die Veranstaltungsleitung am Rande des Zuges aufgestellt hatte.

In knapp 100 Metern Entfernung ruckelte gerade der Prunkwagen des Prinzenpaars heran, auf dem Hans Kissenkötter mit Kamellen und anderen Gegenständen um sich warf. Der Präsident war bester Laune, denn schließlich hatte auch er diese haarsträubende Geschichte ohne bleibende Schäden überstanden.

Nach etwa zwei Minuten verließ Gödde die Pinkelbude wieder und sah, dass der Wagen des Prinzenpaars nur noch wenige Meter von ihm entfernt war. Er winkte Kissenkötter zu und bemerkte nicht, dass der Tod von hinten an ihn herangetreten war. Als der hünenhafte Typ im Sensenmann-Kostüm seinen Arm um Gödde gelegt und ihn praktisch in seinen riesigen Umhang eingewickelt hatte, war es schon zu spät.

„Wenn man Plankenstein einen Auftrag gibt, führt er ihn auch aus. Jetzt wird abgerechnet!", vernahm Gödde eine Stimme, die äußerst beunruhigend klang.

Vergeblich versuchte Gödde, sich aus dem Umhang und der Umklammerung des mörderischen Pflegers zu befreien. Mit der linken Hand hielt Plankenstein ihm den Mund zu, mit der rechten zog er eine Spritze aus der Tasche und richtete sie auf sein Opfer.

Mit aller Kraft versuchte Gödde, die Nadel von seiner Herzgegend fernzuhalten, aber auch das gelang nicht. Der Kerl hatte Bärenkräfte.

Die Hand mit der Spritze kam immer näher. Es war nur noch eine Frage der Zeit, bis er Gödde die tödliche Injektion verabreichen würde.

Plötzlich gab es einen dumpfen Knall. Plankensteins Griff lockerte sich. Gödde hörte, wie zuerst die Spritze und danach ein anderer Gegenstand zu Boden fielen. Dann schlug Plankenstein selbst der Länge nach hin und Gödde stand plötzlich wieder im Freien.
Er schüttelte sich, drehte sich um und blickte nach unten. Plankenstein lag ausgestreckt auf dem Straßenpflaster. Seine Totenschädel-Maske war verrutscht und gab den Blick auf ein horrorfilmreifes Antlitz frei, auf dessen Stirn eine mächtige Beule wuchs.
Rechts neben Plankensteins Kopf lag der Gegenstand, der ihn getroffen haben musste. Eine Urne, deren Inhalt nun langsam auf das Pflaster rieselte. Auf dem Behälter entdeckte Gödde einen Zettel mit einer Aufschrift. Geschrieben in einer krakeligen Handschrift, die ihm irgendwie bekannt vorkam:
„Achtung, kein Wurfmaterial!"
Gödde drehte sich wieder um und blickte direkt in die Augen von Präsident Kissenkötter, der ihm grinsend zuwinkte und sich in seinem Prunkwagen nun langsam wieder vom Ort des Geschehens entfernte. Gödde hob den Daumen und musste ebenfalls grinsen.
„Es geht doch nichts über einen kräftigen Schlagwurf", dachte er. Jetzt war Bruno Jakowiak doch noch einmal unter das närrische Volk gekommen. Und er hatte seine späte Rache gehabt.

Happy End

Wer zuerst lacht, lacht am besten.

Mein besonderer Dank gilt deshalb Anne, Axel,
Bine, Chrissie, Rita, Thomas und Oma Frieda.

Charly Alt

Charly Alt

Raue ohne Reue

Mit allen Schikanen auf die letzte Reise

all inclusive

ROMAN

Wer hat nachts die Zipfelmützen von Zeisigs Gartenzwergen abgesägt und im Lendenbereich wieder angeklebt? Wie schult man in einer Woche vom Taxifahrer zum Totengräber um? Wo bekommt man in Essen die besten Tröpfcheninfektionen? 1000 Fragen und ein Buch, das Antworten liefert:

„Raue ohne Reue".

Der erste Roman von Charly Alt verrät auch, warum Gödde Gödde heißt, Rüssel seinen Spitznamen in einem Umkleideraum bekam und Ingo schon in der Schule als Dipl.-Ingo bekannt war.

Raue ohne Reue

Mit allen Schikanen auf die letzte Reise
Charly Alt (wwww.charly-alt.de) • henkom-Verlag
162 Seiten • ISBN: 978-3-9815875-0-0 • € 7.90